Eve Langlais est une auteure de bit-lit canadienne. Elle a à son actif plus d'une cinquantaine de romans ! Quand elle n'écrit pas, elle aime lire et jouer à la Wii. Elle réside actuellement avec son mari et ses trois fils dans la petite ville historique de Bowmanville, non loin de Toronto.

Du même auteur, chez Milady :

Jamais deux sans trois :
1. *Naomi + Ethan + Javier*
2. *Francine + Mitchell + Alejandro*

Eve Langlais

Francine + Mitchell + Alejandro

Jamais deux sans trois – 2

Traduit de l'anglais (Canada) par Sébastien Baert

Milady

Milady est un label des éditions Bragelonne

Titre original : *Jealous and Freakn'*

ISBN : 978-2-8112-1062-5

Bragelonne – Milady
60-62, rue d'Hauteville – 75010 Paris

E-mail : info@milady.fr
Site Internet : www.milady.fr

Remerciements

Comme d'habitude, je remercie mon petit mari, ma principale source d'inspiration et mon plus grand admirateur. Je t'aime George.

Je souhaiterais également adresser un grand merci à Brandie Buckwine, une consœur qui a relu ce roman. Non seulement elle a repéré de fichues coquilles, mais, grâce à ses conseils, j'ai pu retravailler une scène pour la rendre vraiment extra. Tu assures !

Prologue

À toute allure, il courait à travers bois derrière chez lui ; il était malheureusement trop loin de tout abri. Malgré sa vitesse, il savait que son poursuivant était plus rapide. Et déterminé. S'il voulait en réchapper, il allait lui falloir trouver un endroit où se cacher. Et vite. Haletant, il s'immobilisa et jeta un coup d'œil autour de lui. Examinant les moindres recoins, il chercha un refuge. Il se mit à prier pour que le sol s'ouvre sous ses pieds et l'engloutisse. Il n'eut pas cette chance.

Les bruissements provoqués par son poursuivant se rapprochant, il céda à la panique. Il ne pouvait se permettre de se faire attraper. Pas après ce qui s'était produit la fois précédente. Il envisagea de se glisser sous le tronc d'un arbre en partie déraciné mais, à l'idée de pouvoir être pris au piège, il se ravisa. Peut-être pourrait-il grimper sur une grosse branche ? Se dissimuler sous un tas de feuilles ? Ou…

Trop tard. Quarante-cinq kilos de persévérance se jetèrent sur lui et le firent basculer à la renverse, lui coupant le souffle. Avant qu'il ait pu se libérer, son pire cauchemar le saisit par les bras et le plaqua au sol.

— Je t'ai eu !

Il vit ses grands yeux noisette, au milieu de ses taches de rousseur, et son sourire édenté.

Merde, elle l'avait encore attrapé. Au moins, cette fois, ses frères et ses amis n'étaient pas là pour le ridiculiser.

— Francine, dit-il, tentant de prendre le ton sévère de sa mère, une tâche relativement malaisée compte tenu qu'il était en train de muer. Lâche-moi.

— Alors, dis-le, lui ordonna-t-elle avec l'assurance d'une reine du haut de ses dix ans.

— Non.

S'il l'admettait, c'était la fin du monde. La fin de son monde. Sans parler du fait qu'il deviendrait la risée de tous.

— Oh que si, tu vas le dire, lui garantit-elle en se penchant sur lui avec le sourire et une haleine de chewing-gum à la pastèque. Je ne te lâcherai pas tant que tu ne l'auras pas dit.

Et elle tiendrait parole. Francine était un peu plus lourde que lui. C'était dans ce genre de situation qu'il trouvait que son statut d'avorton craignait le plus.

— Ne m'oblige pas à te faire mal, la prévint-il, même s'il n'en pensait pas un mot.

Sa mère le tuerait s'il touchait à un cheveu de cette gamine, la meilleure amie de sa petite sœur, et la pire des pestes que la terre ait eu à porter.

— Ah. J'aimerais bien voir ça. Tu sais très bien que c'est moi qui te mettrais une raclée. Maintenant, dis-le.

— Non.

Elle riposta, ne le lâchant que pour glisser les doigts sous ses bras, à l'endroit où il était le plus chatouilleux. Mitchell se mit à crier et à se tortiller pendant qu'elle le torturait, mais, en dépit de tous ses efforts, il fut incapable de repousser ses assauts.

— Dis-le !

— Jamais !

Elle lui saisit un téton et le pinça en tournant, jusqu'à ce qu'il pousse un cri effroyable qu'aucun animal, et encore moins un petit garçon, n'aurait pu pousser.

— Dis-le, lui ordonna-t-elle de nouveau avec autant de pitié qu'un tueur en série.

Il savait très bien ce qu'elle voulait. Jamais, au grand jamais, il ne le dirait. Plutôt mourir. Il serra les lèvres et la regarda dans les yeux d'un air de défi.

Passablement agacée, elle fronça les sourcils.

— Arrête de faire ta tête de cochon. Tu sais très bien qu'on est faits l'un pour l'autre. Dis-le.

Que de certitude de la part d'une fillette de dix ans qui jouait encore à la poupée.

Connaissant ce visage familier et ces nattes rousses depuis qu'il était né pour les voir presque quotidiennement, il grimaça.

— Beurk, Francine. C'est dégoûtant. Tu es comme une sœur, pour moi.

Comme il s'y attendait, elle ne le prit pas très bien. Profondément agacée, elle prit un air plus dur.

— Je ne suis pas ta sœur ! vocoféra-t-elle en se redressant et en plantant les mains sur sa taille d'un air indigné.

— C'est tout comme, gronda-t-il en roulant subitement sur le côté, parvenant à la repousser.

Une fois libre, il se releva d'un bond et s'élança aussi vite que possible, mais il continua à l'entendre brailler :

— Tu ne pourras pas fuir éternellement, Mitchell. Un jour, tu reviendras à la raison, et tu seras forcé de reconnaître que tu es mon âme sœur.

Ouais, c'est ça, ouais.

Chapitre premier

Quelques années plus tard.

Elle supposa que si sa voiture avait décidé de la lâcher sans prévenir, c'était probablement parce que la garantie était arrivée à son terme la semaine précédente.

— Putain de merde.

Francine donna un coup de poing dans le volant et descendit de voiture. Elle lança un regard noir au tas de ferraille, se demandant comment elle allait faire pour arriver à temps à la fête que donnait sa meilleure amie pour la naissance prochaine de ses jumeaux. Naturellement, elle aurait pu se dévêtir, se transformer et y aller en courant, mais comment aurait-elle fait pour porter le cadeau qu'elle avait acheté pour l'occasion ? Jamais elle ne serait arrivée les mains vides, quelle qu'en soit la raison. Et, compte tenu de la taille du paquet, elle n'aurait pas pu le tenir dans sa gueule.

Poussant un soupir, elle s'empara de son téléphone portable et ne put s'empêcher de pousser un juron en remarquant son écran désespérément noir. Elle avait oublié de le recharger. Une fois de plus.

— Génial. Vraiment, génial. Et maintenant, qu'est-ce que je suis censée faire ?

Les mains sur les hanches, elle jeta un coup d'œil d'un côté et de l'autre du ruban de bitume, encore à près de 5 kilomètres de sa destination. Manque de pot, il n'y avait pas un chat sur cette portion retirée de la route, ce qui était l'une des raisons pour lesquelles le petit quartier auquel elle menait était si apprécié des familles de métamorphes qui s'y étaient installées.

Que faire ? Il lui vint à l'esprit qu'il y aurait d'autres invités. Sans doute que si elle se mettait à marcher, il finirait bien par en arriver un qui accepterait de la déposer. Même si elle était déjà en retard, et si c'était probablement la dernière. Le destin ne pouvait pas lui faire manquer le moment le plus important de la vie de sa meilleure amie.

Saisissant le cadeau par son gros nœud jaune, Francine se mit en route malgré ses talons censés la rendre plus mignonne et allonger ses petites jambes. Elle les garda cinq minutes. Quand elle trébucha pour la troisième fois dans les cailloux, elle les retira et les jeta dans les bois. Cinq minutes plus tard, elle regretta son geste, la chaussée rocailleuse n'étant pas des plus agréables.

Au bout d'un quart d'heure de marche, en sueur, énervée et les pieds sales, elle se laissa tomber sur son cadeau, en plein milieu de la chaussée, déterminée à attendre le premier véhicule qui passerait, même si cela devait lui prendre la journée. La boîte s'affaissant naturellement sous son poids, elle se releva d'un bond en poussant un nouveau juron. *Génial. Et ça continue…*

Sa tentative de redresser la boîte se révéla vaine, et cette dernière sembla encore plus cabossée. Elle résista difficilement à l'envie de lui donner un coup de pied. Par bonheur, la chance finit par lui sourire avant qu'elle en vienne à passer ses nerfs sur le paquet. Un vrombissement dans le lointain attira son attention. Attendant de voir ce que le destin lui réservait cette fois, elle demeura immobile. Mais il ne se mit pas à pleuvoir, et le véhicule ne fit pas brusquement demi-tour devant elle. Elle reprit du poil de la bête en voyant la moto s'arrêter, puis poussa un soupir. Même si elle trouvait les motards généralement sexy et si elle n'aurait d'ordinaire jamais refusé l'occasion de faire un tour sur l'un de ces bolides, malheureusement, toujours à cause de ce cadeau désormais en piteux état, cela ne ferait pas l'affaire.

Vêtu de cuir, le motard portait un casque et une paire de lunettes d'aviateur dans lesquelles elle apercevait son propre reflet. Il avait la bouche et le menton recouverts d'un bandana, une protection contre les insectes qui dissimulait efficacement ses traits.

Il lui fit un signe de tête.

— Je vous dépose ? s'écria-t-il, son hilarité manifeste en dépit du bruit du moteur.

Elle prit une seconde pour l'admirer ; il était grand, large d'épaules et diablement sexy dans sa tenue de motard. Mais elle était déjà prise. En quelque sorte. Mitchell finirait par retrouver la raison et ne tarderait pas à se rendre compte qu'ils étaient faits l'un pour l'autre. Avant qu'elle soit ménopausée, avec un peu de chance.

— Merci, mais je ne peux pas abandonner ce cadeau. Je vais à une fête de naissance.

— Quelle coïncidence, moi aussi ! Ce n'est pas un problème, j'ai un bon sens de l'équilibre. Je le tiendrai si vous vous accrochez à moi.

Un autre invité à la fête de Naomi, ce qui signifiait qu'il s'agissait également d'un métamorphe, tout comme elle. Les gaz d'échappement l'empêchaient de déterminer à quelle espèce il appartenait. Même si cela n'avait aucune importance. Elle avait déjà quelqu'un, en quelque sorte, s'il cessait un jour de se montrer aussi obstiné.

Ne voyant pas comment son sauveur allait pouvoir piloter son engin tout en tenant le paquet, elle hésita. Mais, n'ayant remarqué aucun signe de vie à l'horizon, elle comprit qu'elle n'avait pas vraiment le choix. Il semblait que c'était là le seul moyen d'arriver à la réception sans trop de retard.

— Très bien, j'accepte. Mais si vous le faites tomber, je vous mets une fessée, le prévint-elle.

— C'est promis ?

— Cochon.

Elle ne l'avait pas dit d'un air très virulent, et il éclata d'un rire rauque qui lui donna des frissons. Sa louve intérieure se réveilla alors en sursaut et étudia l'inconnu avec un certain intérêt.

Se dirigeant vers sa moto, elle lui remit le cadeau et jeta un coup d'œil au minuscule morceau de selle derrière lui.

— Vous êtes sûr qu'il y a assez de place ?

Elle possédait des culottes avec un entrejambe plus large que cette chose.

— Contentez-vous de vous cramponner, ma belle, je m'occupe du reste.

Elle se sentit rougir, surtout à cause du ton sensuel qu'il avait employé, qui ne laissait aucune équivoque possible sur ses intentions. Elle aurait juste voulu voir son visage pour savoir s'il plaisantait ou non. Du haut de son un mètre cinquante-cinq et avec ses courbes généreuses, elle n'était pas habituée à ce que des types sortis de nulle part se mettent à lui faire du gringue – pas avant quelques bières, du moins.

En fait, à bien y réfléchir, mieux vaut que je ne voie pas son visage. Il est probablement moche comme un cul et, en plus, je suis déjà prise.

En prenant appui sur son épaule, elle parvint à balancer une jambe par-dessus l'engin, à se laisser tomber sur le petit morceau de selle, et à se caler dessus en serrant les cuisses. La dureté de l'assise et la vibration due au vrombissement du moteur lui procurèrent des sensations intéressantes.

De sa main libre, le pilote saisit l'une des siennes et la plaqua sur son torse, l'attirant contre lui.

— Accrochez-vous, ma belle, que je puisse vous amener à bon port.

Au diable cette fête, d'autres idées lui traversèrent l'esprit, quand elle sentit son corps réagir à cette proximité. Le serrant dans ses bras, elle résista à l'envie de lui caresser le torse. Elle devina malgré son blouson de cuir qu'il était musclé. Pour une fois, les mots lui manquèrent, ce qui aurait fait mourir de rire sa meilleure amie. Mais ce qui bouleversa le plus Francine, ce fut la réaction de sa louve. Son animal mourait d'envie de renifler l'inconnu puis de le lécher. D'ordinaire, il n'avait ce genre de réaction que lorsqu'elle pensait à Mitchell.

— Prête ? demanda-t-il.

Elle acquiesça en se cramponnant à lui comme si sa vie en dépendait, et il lança son bolide, pilotant d'une main et tenant le cadeau de l'autre. Francine se demanda comment il allait faire pour manier son engin d'une seule main mais, comme il semblait s'en tirer relativement bien, elle décida de se taire pour éviter de le déconcentrer. D'ailleurs, elle préférait se focaliser sur ce qu'elle ressentait, ainsi plaquée contre lui. D'un côté, elle avait l'impression de tromper Mitchell, l'homme qui la repoussait alors qu'elle savait pertinemment qu'ils étaient promis l'un à l'autre. Mais, d'un autre côté, la même pulsion que celle qui, lors du bal de fin d'études, l'avait incitée à donner sa virginité à Tommy Keller par pure méchanceté, la poussait à serrer cet inconnu encore plus fort dans ses bras et à baisser les mains pour voir si ses cuisses étaient réellement aussi musclées qu'elle l'imaginait.

Je suis une vraie morue, songea-t-elle. Une morue surexcitée, qui, après son incident de parcours avec Tommy avait fait le serment de ne plus approcher un homme tant que Mitchell ne serait pas revenu à la raison – un vœu qu'elle avait rompu à peine un mois plus tard en apprenant qu'il avait une nouvelle copine. Jalouse, et lui en voulant de continuer à nier l'évidence, elle était allée plusieurs fois se soûler dans des bars avant de se faire sauter par des types dont elle avait oublié le nom.

Toutefois, elle avait cessé depuis longtemps de coucher à gauche et à droite pour se consoler. Elle avait tourné la page. Cela faisait neuf mois qu'elle ne le faisait plus. Ça non. Depuis que Naomi, la plus grosse garce qu'elle connaissait – merde, elle adorait cette fille – avait trouvé ses âmes sœurs – cette saleté en avait dégotté deux pour le prix d'une – elle savait que son heure viendrait. Elle ne voulait pas avoir sur elle le parfum d'un autre homme quand cela se produirait. En revanche, cela ne lui aurait pas déplu de susciter un peu de jalousie chez Mitchell. En fait, rien que le fait de le voir, lui qui l'évitait comme la peste depuis qu'ils étaient gosses, aurait été un progrès. Actuellement, la seule chose qu'elle pouvait voir de lui, c'était son postérieur quand il la fuyait. Poule mouillée.

Cela n'avait pas toujours été le cas. Comme c'était la meilleure amie de sa sœur, il l'avait relativement bien tolérée pendant leur enfance, mais tout avait basculé à l'adolescence. Elle n'avait cessé d'attendre qu'il fasse le premier pas. Au bout d'un moment, n'y tenant plus, c'était elle qui avait fini par le faire, sans doute avec un peu trop d'enthousiasme et d'insistance. Il l'avait rabrouée à plusieurs reprises. Elle en était venue à haïr sa phrase fétiche : « Tu es comme une sœur, pour moi. » L'imbécile. Comme si sa sœur essaierait de l'embrasser.

Ainsi, même si M. Je-suis-sexy-tout-en-cuir la mettait dans tous ses états, elle n'irait pas plus loin, parce qu'elle savait qu'il suffisait que Mitchell accepte de rester dans la même pièce qu'elle plus de trente secondes pour qu'il finisse par prendre conscience qu'elle était devenue adulte. Il la demanderait alors en mariage, et ils pourraient vivre heureux jusqu'à la fin de leurs jours avant qu'elle finisse par disjoncter et l'égorger.

Mitchell ne cessait de regarder par la baie vitrée. Il pensait avoir été assez discret, jusqu'à ce qu'on lui donne une tape sur la tête.

En se retournant, il tomba sur sa petite sœur enceinte jusqu'aux oreilles, qui lui adressa un sourire suffisant.

— Oh, comme c'est mignon, tout cet enthousiasme. Ne t'inquiète pas, frangin, Francine ne va pas tarder.

— Qu'est-ce qui te fait croire que c'est elle que j'attends ?

Le fait que sa sœur parvienne à lire en lui comme dans un livre ouvert l'agaçait profondément.

Certes, il guettait l'arrivée de Francine, mais uniquement pour pouvoir avoir le temps de s'enfuir.

— Oh, je t'en prie. Tu es comme ça chaque fois que tu sais qu'elle vient. Merde, la dernière fois, tu étais tellement pressé que tu as fait tomber maman en te sauvant par la porte de derrière. C'est pitoyable. Laisse tomber, tout le monde sait que vous êtes faits l'un pour l'autre. Alors, cesse de te comporter comme un trouillard. Pourquoi ne pas te conduire comme le loup que tu es et la faire tienne ?

— Et c'est toi qui dis ça, madame Je-veux-épouser-un-humain ? la railla-t-il d'une voix haut perchée.

Elle se renfrogna et lui donna un grand coup dans le bras.

— Et regarde ce qui m'est tombé dessus : deux hommes au lieu d'un.

— Attends. Tu crois que si j'arrive à résister encore un peu, le destin m'octroiera deux ou trois femmes ?

Il lui lança un regard moqueur et se baissa quand elle voulut le frapper une nouvelle fois. Gloussant, il fut ravi de la voir rougir de rage.

Tout à coup, elle retrouva son calme, prenant un air dont il savait qu'il fallait se méfier.

— D'après ce que j'ai entendu dire, Francine vaut bien deux femmes, au lit. Je te parie qu'elle réussirait à te faire crier grâce et à te faire marcher bizarrement si tu lui en donnais l'occasion.

Il serra les dents.

— Tu veux bien arrêter tes conneries ? Francine est comme une sœur, pour moi. L'idée de faire quoi que ce soit avec elle me répugne.

— Bla-bla-bla. Tu sais, j'ai cru à cette rengaine, il y a dix ans, quand vous étiez encore gamins mais, sérieusement, Mitchell. Ça doit faire cinq ou six ans que tu ne l'as pas vue et que tu ne lui as pas parlé. Elle a changé, alors comment peux-tu encore me sortir une chose pareille ?

— Parce que.

Ce que tout le monde sauf lui semblait ne pas comprendre, c'était que, même s'il avait toujours trouvé Francine mignonne, elle ne lui avait jamais donné envie de lui sauter dessus. S'ils étaient vraiment destinés l'un à l'autre, pourquoi n'en avait-il jamais ressenti le désir ? Ni celui de la fréquenter jusqu'à ce qu'il ne puisse plus se retenir de lui faire l'amour, et qu'ils s'évanouissent tous les deux de plaisir. On lui avait raconté suffisamment d'histoires pour savoir qu'en pareil cas, les hormones prenaient le dessus. Et, même s'il sentait son cœur s'emballer et s'il avait les mains moites dès que Francine était dans les parages, cela ressemblait plus à ses yeux à une réminiscence des peurs de son enfance, où il redoutait qu'elle se jette sur lui et le force à faire des choses, comme des baisers au goût de pastèque. Il ne voulait pas de ça pour eux, pas tant que la bonne personne, leur véritable âme sœur, ne se serait pas présentée.

— Crétin.

Sa sœur lui assena une nouvelle tape sur la tête avant de s'éloigner en se dandinant. C'était le parfait exemple de ce qui devait se produire entre âmes sœurs. Butée et peureuse comme tout, sa petite sœur avait trouvé le bonheur dans les bras non pas d'un mais de deux métamorphes. Ethan et Javier, un ours et un jaguar, qui étaient parvenus à atténuer certaines des pulsions les plus incontrôlables de Naomi, et qui, fait remarquable, l'aimaient pour sa nature bouillonnante. Les tarés.

Le vrombissement d'un moteur attira de nouveau son attention par la fenêtre, et il se demanda si l'heure de son départ n'avait pas sonné. Mais, non, il ne vit aucun signe de la Hyundai Accent bleue de Francine. C'était une belle moto qui était en train de se garer devant la maison. Puis il cilla, car, sauf erreur de sa part, le pilote tenait un gros cadeau d'une main pendant qu'il maniait son engin de l'autre. Ce ne fut que lorsque le motard baissa son bras que

Mitchell remarqua la présence de sa passagère. Son cœur s'emballa et il ne put se retenir d'ouvrir la bouche quand Francine ôta ses bras de la taille du type et descendit de la machine.

Naturellement, cette Francine-là était très différente de la lycéenne dont il se souvenait, avec ses nattes et son appareil dentaire, même si elle était toujours aussi petite. Mais, quand bien même, merde, depuis quand ses rondeurs s'étaient-elles transformées en courbes qui lui donnaient la silhouette d'un sablier ? Depuis quand ses seins occupaient-ils autant de place dans son chemisier, et depuis quand sa chevelure rousse ondulée encadrait-elle un si joli minois, ne manquant pas d'attirer l'attention sur son magnifique sourire ? Cela faisait désormais si longtemps qu'il l'évitait qu'il ne l'avait pas vraiment vue depuis qu'elle était adulte. Mais cela ne changeait rien.

Le type descendit de sa moto et déposa son paquet avant de tirer sur le bandana qui lui masquait le bas du visage. Il ôta ensuite son casque, secouant sa chevelure noire hirsute et, même d'où il se trouvait, à l'abri des rideaux, Mitchell ne put manquer le sourire carnassier qu'il adressa à Francine. Cela hérissa son loup, qui se mit à gronder. Il ne se donna pas la peine de se demander comment ce mec avait pu mettre son animal dans une telle rage, mais se contenta de sortir de la maison pour aller à leur rencontre.

Alors qu'il dévalait les marches du perron, Francine se tourna vers lui, son visage s'illuminant en le voyant. Il ressentit alors une certaine tension à hauteur de son entrejambe. Complètement déplacée. Sans tenir compte de la jeune femme ni de sa propre réaction, il reporta son attention sur le motard. L'inconnu ôta ses lunettes d'aviateur et les rangea dans sa poche, lui jetant un coup d'œil dédaigneux avant de baisser les yeux sur les fesses de Francine. Cela fit gronder Mitchell, à la fois l'homme et l'animal.

Avant de s'immobiliser devant la femme bien trop jolie qu'était devenue la fillette qu'il avait connue, Mitchell déclara d'un ton sec qui dissipa le sourire de Francine :

— Qu'est-ce que c'est que ces conneries, jeune fille ? Tu fais de la moto sans casque ?

Une lueur de rage dans le regard, elle planta les poings sur ses hanches arrondies avant de rétorquer :

— Même pas un petit « Salut Francine » ? Ni un « Comment ça va, Francine ? » On ne s'est pas vus depuis, quoi, cinq ans, et tu flippes parce que j'ai fait quelques kilomètres à moto sans casque ? Je suis une métamorphe. À moins que je me fasse décapiter, je m'en remettrai.

— Quelques kilomètres ? répliqua-t-il sur le même ton. Il y en a au moins trente entre chez toi et ici. Ton petit ami motard a eu du bol que les flics ne vous aient pas arrêtés.

— Ce n'est pas mon petit ami, gronda-t-elle. Même si c'était le cas, ce qu'on a pu faire tous les deux ne te regarde pas.

— Et, si je puis me permettre, nous avons fait des choses fort intéressantes.

Le motard au teint hâlé, qui, d'après son odeur, devait être une sorte de fauve, aurait mieux fait de se taire.

Mitchell lui assena subitement un coup de poing en pleine mâchoire. Mais l'enfoiré ne broncha pas d'un pouce. Il encaissa le coup et se fendit d'un large sourire.

— C'est tout ce que tu as en magasin, Croc-Blanc ? Je connais des humaines qui m'ont mis des fessées plus violentes que ça…

Commençant à voir rouge, Mitchell ne put s'empêcher de se jeter sur l'autre homme en grognant, et ils s'écroulèrent tous les deux, ce qui fit très plaisir à son loup.

Maudit fauve. Je vais lui apprendre à renifler ma petite sœur adoptive de trop près.

Chapitre 2

Bouche bée, Francine ne put s'empêcher d'admirer les deux adversaires. Elle n'avait toujours pas compris ce qui s'était passé. *Vu comme il se conduit, on pourrait croire que Mitchell est jaloux.* Ce qui semblait complètement absurde, naturellement. Il lui avait bien fait comprendre qu'il n'avait jamais eu le moindre sentiment pour elle.

Ce qui ne l'avait guère surprise, c'était qu'il lui crie dessus de cette façon, comme il l'aurait fait avec sa sœur Naomi. Au fond d'elle, elle aurait bien aimé le détester. Après tout, il n'y avait qu'à voir de quelle manière il venait encore de la traiter. Et devant un bel inconnu qui avait volé à son secours. Mince, sa répugnance à se trouver ne serait-ce que dans la même pièce qu'elle aurait dû lui donner envie de lui mettre des coups de pied. Mais elle fut incapable de faire ralentir les battements de son cœur et de s'empêcher de mouiller sa culotte en voyant ces deux hommes échanger des coups. Si seulement ils avaient pu se déshabiller avant de se battre. Ça, ça aurait eu de la gueule.

— Je vois qu'à peine arrivée, tu crées déjà des problèmes, déclara son amie en descendant les marches.

Derrière Naomi et son gros ventre suivait Javier, qui se précipita vers les belligérants, accompagné d'Ethan, un géant capable de réciter de la poésie un soir et d'écraser toute une équipe de crosse le lendemain. Naomi était une sacrée veinarde.

Grimaçante, Francine lança un regard noir aux combattants.

— C'est Mitchell qui a commencé. J'essayais juste de remercier celui qui est venu me secourir quand ma voiture m'a lâchée, et ton frère a commencé à m'engueuler avant de se jeter sur lui.

— Hmm. (Naomi se tourna un moment vers Mitchell, l'air songeuse.) Intéressant. Je me demande ce qui l'a mis dans cet état.

— C'est ton frangin. Depuis quand les membres de ta famille ont-ils besoin d'un motif sérieux pour se battre ? demanda sèchement Francine.

Elle avait souvent plaisanté sur le fait qu'ils auraient dû accrocher des casques à l'entrée de chez eux.

Naomi éclata de rire.

— Tu as raison. Mais, d'habitude, ils savent se tenir un peu mieux quand ils viennent chez moi. Tu sais dans quel état ça met Ethan quand ils me contrarient.

Francine gloussa. Naomi continuait à se faire passer pour une petite fleur fragile – ce qui était loin d'être le cas –, et ses deux âmes sœurs la traitaient comme telle. Ethan était généralement celui qui jouait le rôle du médiateur, ses gros poings ayant un effet pour le moins dissuasif, tandis que Javier préférait avoir recours à de jolies phrases pour empêcher qui que ce soit de la déranger, y compris les membres de sa famille. Encore une fois, quelle veinarde !

— Sinon, qui c'est, ce canon ? voulut savoir Francine, grimaçant en voyant Mitchell projeter la tête du motard au sol.

Elle se mordit ensuite la lèvre quand le bel inconnu au teint hâlé répondit par un coup de boule.

— C'est mon petit frère, Alejandro, intervint Javier en secouant la tête et en glissant son bras sur le ventre arrondi de Naomi. Et, comme d'habitude, il fout la merde partout où il passe.

— Ce n'était pas sa faute, le défendit Francine. C'est Mitchell qui a commencé.

Javier gloussa.

— Ce sont toujours les autres qui commencent, quand Alejandro est dans les parages, parce qu'il aura dit ou fait quelque chose qu'il n'aurait pas dû.

Se remémorant ses allusions, Francine fut obligée de lui donner raison. Même si le plus drôle, c'était que cela lui avait plu.

Cherchant l'un et l'autre à prendre le dessus, les deux hommes roulèrent hors de l'allée et se retrouvèrent sur la pelouse, dangereusement près d'un massif de fleurs planté par Naomi.

— Ils vont écraser mes jolies fleurs, Ethan, aboya celle-ci, plus inquiète pour son jardin que pour le nez en sang de son frère.

Avec un petit sourire, le gros nounours de Naomi se pencha, saisit les belligérants par le bras et les sépara.

— Ça suffit. Sinon je vous mets moi-même une raclée à tous les deux, gronda-t-il.

Ils n'étaient pas nombreux à se montrer suffisamment idiots pour affronter un ours kodiak, et ces deux-là, malgré leur sang chaud, ne firent pas exception. Mitchell se releva en lançant à son adversaire un regard mauvais, tandis qu'Alejandro demeurait étendu au sol, le sourire aux lèvres et les cheveux en bataille, ce qui lui donnait un air encore plus séduisant.

— Mais on commençait juste à faire connaissance.

Mitchell poussa un grognement. Les poings serrés, il avait les jointures des doigts blanches, ce qui tranchait avec son visage rouge vif et son air extrêmement mécontent.

— Arrête de faire chier le frère de Naomi ou je demande à Ethan de s'occuper de toi, le menaça Javier.

— Ça me ferait faire un peu d'exercice, ajouta l'ours avec un sourire cruel qui avait fait fuir plus d'un joueur de crosse.

Alejandro éclata de rire avant de se relever d'un bond. Sans tenir compte de Mitchell, qui était encore prêt à en découdre, il se dirigea vers Naomi et l'étreignit avec précaution.

— Naomi, ma chère belle-sœur. Tu es plus ravissante chaque fois que je te vois. Si tu n'étais pas déjà prise...

— Ouais, je sais, on ferait l'amour comme des bêtes jusqu'à ce qu'un autre canon attire ton attention.

— Ah. Mais on s'amuserait vraiment bien en attendant, se rengorgea-t-il avec un clin d'œil.

Même si Francine trouvait leur échange amusant, ce ne fut pas le cas de sa louve, qui se mit à gronder dans son esprit.

Heureusement, elle ne fut pas obligée de l'écouter râler plus longtemps, car Javier arracha bientôt son frère des bras de Naomi. Il l'enlaça à son tour et lui dit à voix basse, mais suffisamment haut pour que les autres métamorphes puissent l'entendre :

— Touche-lui encore les fesses, et je te tranche la main.

— Tu me fais de la peine, frangin, répondit Alejandro en étreignant son frère aîné avant de se libérer.

— Pas autant que je vais t'en faire moi, déclara Ethan d'un ton enjoué.

Alejandro perdit un peu de ses couleurs, mais se contenta de serrer la main de l'ours, poussant un grognement quand ce dernier le serra dans ses bras.

Quand Ethan l'eut relâché, Alejandro était écarlate, le souffle coupé.

— Comparée à tes frères, ma famille semble presque normale, dit Naomi dans un éclat de rire.

— Dieu m'en garde, répliqua son âme sœur en levant les yeux au ciel. J'imagine qu'il ne me reste plus qu'à présenter à tout le monde ce petit fouteur de merde. Voici Alejandro, mon plus jeune frère, le plus turbulent. (Se tournant vers lui, il poursuivit.) Le type qui essaie de te fusiller du regard, là, c'est Mitchell, le frère de Naomi.

Et la rousse que tu as kidnappée sur le chemin, c'est Francine, la meilleure amie de Naomi, donc pas touche.

L'intéressée se mit à bredouiller.

— Javier!

— Quoi ? Je préfère mettre les choses au clair tout de suite pour éviter d'être obligé de lui mettre une raclée plus tard.

— Quel bon mari tu fais, ronronna Naomi en lui tapotant le bras. Il sait où est son intérêt.

Francine dut se contenter de lever les yeux au ciel quand sa meilleure amie et son âme sœur se regardèrent dans les yeux d'un air idiot. Lorsqu'ils commencèrent à se bécoter, elle porta un doigt à sa bouche et fit mine de vomir, ce qui fit glousser Alejandro, tandis que Mitchell se contentait de froncer les sourcils. Rabat-joie.

— Francine, est-ce là le nom de la beauté que j'ai trouvée se languissant sur le bord de la route ? (Alejandro se laissa tomber sur un genou devant la jeune femme, qui se mit à rougir quand il poursuivit son envolée lyrique.) Ce fut un tel honneur et un tel plaisir pour moi d'avoir pu voler à votre secours et vous conduire à bon port. Si je puis me permettre, n'hésitez pas à chevaucher mon engin autant qu'il vous plaira.

Il remua les sourcils et lui adressa un sourire évocateur qui la fit à la fois rougir, glousser et mouiller sa culotte.

— Tout le plaisir est pour moi, murmura-t-elle en le laissant lui prendre la main et y déposer un baiser.

Le contact de la pointe de sa langue et de ses lèvres sur sa peau lui fit retenir son souffle, et elle ressentit aussitôt des picotements dans le ventre. Elle ôta brusquement sa main, les joues brûlantes à cause de la réaction de son corps – une réaction qui ne passa guère inaperçue.

Pouffant, Mitchell s'éloigna en marmonnant :

— N'importe quoi. Putain, qui serait assez con pour succomber à ce déluge de conneries ?

Le suivant du regard, Francine ne put s'empêcher de pousser un soupir de déception.

— Que se passe-t-il, ma belle ? Ne me dis pas que tu es triste de voir partir ce vieux pantouflard.

— Ce coincé, c'est mon âme sœur. Ou, du moins le sera-t-il quand il se détendra suffisamment pour s'en rendre compte, rétorqua-t-elle.

L'air incrédule, le motard reporta le regard vers la silhouette de Mitchell, derrière elle.

— S'il est incapable de voir à quel point tu es parfaite, c'est un idiot.

— Le gène de l'imbécillité est bien ancré dans la famille. J'en sais quelque chose, gloussa Naomi. On peut rentrer, maintenant ? J'ai super mal au dos, et je voudrais ouvrir mes cadeaux !

Francine s'attarda un moment, regardant dans la direction où Mitchell était parti, se demandant ce qu'il fallait qu'elle fasse pour qu'il finisse par l'accepter. Son loup ne s'agitait-il pas à chacune de leurs rencontres ? Bien sûr, cela faisait plusieurs années qu'ils ne s'étaient pas vus, bien que ce ne soit pas sa faute à elle. Ce type avait le chic pour l'éviter. Mais quand bien même, en le revoyant, si ravissant du haut de son un mètre quatre-vingt-huit, sa chienne de louve était devenue complètement folle, son cœur avait accéléré et elle en avait eu des frissons partout.

Ce qui, étrangement, s'est également produit quand j'ai fait la connaissance d'Alejandro. Aurait-elle pu se méprendre pendant toutes ces années et confondre cela avec un simple désir sexuel ? Non. Elle savait ce qu'était le désir, et il ne lui avait jamais donné envie de balancer son amour-propre aux orties et de poursuivre quelqu'un pour le jeter à terre et lui arracher ses vêtements.

Elle aurait bien réfléchi plus longtemps à la question, mais quelqu'un la saisit par la taille et la jeta sur son épaule. Une épaule relativement large.

— Euh, Ethan, tu t'es trompé de femme.

— Naomi m'a demandé de ramener ton cul de flâneuse à l'intérieur.

— Je suis certaine qu'elle ne l'entendait pas au sens propre.

— Elle est enceinte et donc extrêmement susceptible. Je préfère éviter de prendre le moindre risque.

— J'ai entendu ! meugla son âme sœur.

— Tu vois ? soupira-t-il.

Francine se mit à ricaner. On aurait pu la croire folle de vouloir faire partie de cette famille, mais, personnellement, elle n'imaginait rien de plus merveilleux, même s'il lui faudrait mettre un casque et des protections à chaque dîner. Malgré leur nature violente, l'amour qu'ils éprouvaient les uns pour les autres en valait la chandelle.

Alejandro se rendit d'abord dans la salle de bains pour nettoyer son visage plein de terre et de sang avant d'aller décapsuler une bière. Il allait avoir besoin de ce breuvage amer pour assimiler ce qui venait de se produire. La vider d'un trait ne lui laissa cependant pas assez de temps pour comprendre pourquoi la petite rousse qu'il avait prise en stop avait fait ronronner son fauve à ce point. Ni pourquoi il avait eu – et avait encore – une telle envie de massacrer ce loup morveux. Et encore moins pourquoi il avait voulu se jeter sur Ethan, un véritable suicide, quand ce dernier avait porté cette petite bombe à l'intérieur.

Par bonheur, il était encore en vie, car il était parvenu à juguler son désir de se jeter sur le kodiak quand ce dernier avait reposé Francine par terre. Toutefois, l'intérêt de son fauve était encore intact, celui-ci s'étant mis à tourner en rond dans son esprit, lui suggérant de s'approcher un peu d'elle pour qu'il puisse la renifler.

Mais, malgré le charme de la rouquine, il valait mieux qu'il reste en retrait. Après tout, il n'était qu'un invité temporaire, le temps que les choses se calment chez lui. Même s'il était probable qu'il s'amuserait beaucoup avec elle, cela n'en valait certainement pas la peine, parce que la jeune femme en question était déjà prise. En quelque sorte. Même s'il se moquait éperdument de ce que Mitchell pouvait penser. C'était sa belle-sœur, Naomi, qui lui faisait le plus peur. S'il faisait souffrir sa meilleure amie, il était fort probable qu'il finisse avec un ou deux membres en moins.

Quoi qu'il en soit, il y avait une grosse différence entre le fait de décider d'éviter Francine et celui de mettre cette décision en application. Comme s'il ne maîtrisait plus son corps, il se retrouva juste derrière elle quand elle se laissa tomber sur le canapé, à côté d'une femme plus âgée. Elle fit comme s'il n'était pas là et, contrarié car peu habitué à ce que cela lui arrive, il en fit autant, observant les personnes présentes dans la pièce.

Alejandro ne connaissait presque personne, n'étant venu qu'une seule fois, alors qu'il passait par là. Il avait fait la connaissance de Naomi quand Javier l'avait ramenée à la maison pour la présenter à sa famille. Leur visite s'était révélée très divertissante, car son grand gaillard de frère s'était montré possessif comme jamais. Ils s'étaient donc tous amusés à faire mine de chercher à la séduire, jusqu'à ce que Naomi mette un terme à leur petit jeu en empoignant les couilles de Miguel et en lui expliquant qu'elle avait trouvé très drôle leur façon de taquiner Javier, mais que s'ils s'avisaient à nouveau de la toucher, elle n'hésiterait pas à les émasculer. Étonnamment, ils n'avaient eu aucun doute sur le fait qu'elle tiendrait parole.

Quelle femme. Même si ce n'est pas mon genre. Il préférait éviter de courir le risque de se faire taper dessus en couchant avec une fille. Il baissa les yeux sur le sommet du crâne de Francine. Il avait du mal à croire que cette petite bombe pourrait faire du mal à une mouche. Profitant de ce que la place à côté d'elle se libérait, il s'y faufila, ne pouvant s'empêcher de ressentir des frissons quand, par inadvertance, il lui effleura la cuisse avec la sienne.

Il comprit en la voyant retenir son souffle que c'était également son cas. Elle se tourna vers lui d'un air étonné, et il lui sourit, satisfait de voir rougir ses joues parsemées de taches de rousseur.

Même si elle ne correspondait pas aux canons habituels de la beauté, il lui aurait été impossible de nier son charme naturel. Les cheveux en bataille, le regard vif, et des lèvres qu'il rêverait de voir sur sa queue, elle avait des courbes qui donnaient envie de les caresser. Quel imbécile, ce Mitchell ! *Je pourrais marquer cette petite louve et la lui voler sous son nez.* Constatant que ses pensées dérivaient en territoire inconnu, il eut un mouvement de recul. Il n'avait jamais marqué une femme. Il les draguait, couchait avec et les faisait pleurer en partant, certes, mais en marquer une ? Pourquoi se lier à une femme alors qu'il pouvait profiter d'une infinité ?

Il lui vint à l'idée que le défi qu'elle représentait avec son attitude « je suis prise, mais en fait non » la rendait attirante. Tout le reste était débile, ou dû à un manque de sommeil. Il était déjà en train de fuir une situation pour le moins risquée.

— Tu vas me regarder toute la soirée ? À moins que tu sois en train de discuter par télépathie avec des extraterrestres ? demanda-t-elle, le tirant soudain de sa rêverie.

Il se ressaisit aussitôt.

— Je me demandais simplement comment ce vieux chien faisait pour ne pas voir le diamant que tu es.

Elle se mit de nouveau à rougir.

— Mitchell a du mal à me considérer comme autre chose qu'une sœur. Naomi et moi nous connaissons depuis notre plus jeune âge. Apparemment, ça ferait de moi quelqu'un de repoussant.

— Je dirais plutôt que c'est un crétin s'il n'a pas vu que tu avais plutôt bien mûri, si je puis me permettre.

Il lui décocha son sourire à cent mille volts qui donnait envie à toutes les filles, partout où il allait, de baisser leurs culottes.

Elle ne toucha pas à la sienne et se contenta de pouffer.

— Merde, tu es toujours comme ça ?

— Comment ? Beau et charmant ?

— Dragueur et prétentieux.

— Tu me vexes, s'offusqua-t-il en lui prenant la main et en la portant à sa poitrine.

Encore une fois, il sentit un frisson lui parcourir l'échine et son cœur accélérer.

— J'en doute, rétorqua-t-elle, incapable cependant de détourner son regard du sien.

— Alejandro, arrête de draguer l'âme sœur de mon frère et viens un peu par ici, que je te présente à ma famille.

Avec regret, il lui lâcha la main, et elle baissa la tête quand il se leva. *Heureusement que mon pantalon de cuir est aussi serré*, songea-t-il en vérifiant que son tee-shirt dissimulait bien son entrejambe et son érection.

Si une simple conversation à une fête de naissance m'excite autant, c'est que j'ai vraiment besoin d'une fille. Il jouissait d'ordinaire d'une bien plus grande maîtrise de lui.

Après l'avoir pris par le bras, Naomi l'entraîna un peu partout dans la pièce pour le présenter à ses proches. Il serra la main de quelques-uns de ses frères, dont aucun ne lui donna envie de se battre, contrairement à cet agaçant Mitchell. Il fit la connaissance de son père à l'air sévère, Geoffrey, et de plusieurs tantes et cousins. Il complimenta la mère de Naomi, ce qui la fit rire et poussa son mari à le foudroyer du regard. Quand ils eurent fait le tour, il sentit sa tête commencer à lui tourner, avec tous ces noms et ces visages, la maison étant bondée de métamorphes. À en juger par le tic nerveux qui agitait la mâchoire d'Ethan, la situation pouvait dégénérer à tout moment, avec tant d'animaux réunis au même endroit. Et il était de notoriété publique que Naomi détestait le chaos chez elle.

Cela pourrait devenir fort intéressant, mais pas autant que les petites fesses rebondies qu'il aperçut du coin de l'œil, tandis que Francine, penchée, le tissu de son pantalon tendu, commençait à remettre les cadeaux à son amie.

Peut-être s'était-il un peu trop avancé en décidant de laisser tomber cette petite bombe. Peut-être ne serait-elle pas contre un peu d'amusement sans conséquence. Il lui suffisait de faire en sorte que Naomi et ses âmes sœurs ne le découvrent jamais. Du sexe furtif, en d'autres termes. Merde, cela rendait cette perspective encore plus excitante. Mais comment l'attirer à l'écart des autres ?

Il s'en remit au destin, et à sa chance habituelle avec les femmes, pour apprendre à mieux connaître cette bouillonnante rouquine, de préférence tous les deux nus.

Agacé mais incapable d'en déterminer la cause, Mitchell rentra chez ses parents et s'écroula de tout son long sur le canapé, tentant de ne pas se trouver trop lâche d'avoir fui de la sorte. Après toutes ces années, c'était devenu une seconde nature pour lui que d'éviter Francine, mais, ce soir-là, en la voyant, en sentant son parfum pour la première fois depuis leur adolescence, il avait découvert une chose à laquelle il ne se serait jamais attendu. *Elle est super sexy!* Plus que ça. Elle était séduisante, bien roulée, et dégageait une odeur alléchante qui lui donnait envie de se jeter à ses genoux et de hurler à la lune.

Cela lui semblait complètement aberrant. La petite Francine avec ses nattes. L'emmerdeuse. La braillarde à la voix stridente qui ne le lâchait pas d'une semelle. Cette petite peste avait fait place à une beauté affriolante. Même en fermant les yeux, il était incapable d'effacer cette vision de son esprit. Sauf que, dans son imagination, elle était nue, rien qu'avec ses taches de rousseur qui l'imploraient de les compter avec ses lèvres.

Sentant sa queue se raidir, il se leva du canapé et se mit à faire les cent pas. *Ce n'est pas bien. Pas bien du tout.* Sans doute un moment d'égarement parce que cela faisait un moment qu'il ne s'était pas envoyé en l'air. Il réglerait ce problème dès que possible ; quoi que puisse en penser sa queue, Francine était inaccessible. Quant à l'intérêt que lui portait son loup, il était probablement dû à son instinct protecteur : il voulait la défendre de ce Casanova qui ne cessait de la renifler. Naturellement, certains avaient sans doute pris son coup d'éclat pour de la jalousie, mais il savait très bien que ce n'était pas le cas. Il avait fait la même chose pour Naomi. *Mais Francine est adulte*, lui rappela sournoisement son esprit. *Elle fréquente qui elle veut.* En poussant un grognement, il donna un coup de poing dans le lambris massif qu'ils avaient installé des années auparavant sur l'ordre de leur mère, qui en avait assez de devoir reboucher les trous dans les murs.

Ayant manifestement besoin de se défouler, il se dirigea vers la salle de sport aménagée au sous-sol puis vers le punching-ball en bien triste état, recouvert de chatterton en raison des mauvais traitements qu'on lui avait infligés au fil du temps. Ce fut en martyrisant ce souffre-douleur inanimé qu'il prit conscience de quelque chose. Si la voiture de Francine avait rendu l'âme, qui allait la raccompagner chez elle ?

Assenant un grand coup au sac de sable, il tenta de se convaincre que Naomi demanderait à l'un de ses hommes ou de ses cousins de la ramener. Mais plus il essayait de s'en persuader, moins il ne pouvait s'empêcher d'imaginer le frère de Javier dans les bras de la belle rousse, sur son engin de mort. Il faudrait d'abord qu'il lui passe sur le corps.

Aussitôt, il se doucha, s'habilla et reprit la route, puis se gara et attendit que la jeune femme sorte de la maison, trop dégonflé pour s'y rendre, sachant que toute sa famille, à savoir sa mère et Naomi, le regarderaient d'un air étonné. En l'attendant, il tenta de se persuader qu'il faisait cela pour sa sécurité. Il ne voudrait pas que sa « sœur » s'en aille en pleine nuit avec un inconnu, et sans casque.

Même s'il ne cessait de se le ressasser, il ne pouvait s'empêcher d'entendre des fous rires et des moqueries, dans son esprit. *Ouh, le menteur, il est amoureux…* Quel dommage qu'il ne puisse se donner un coup de poing. Bah, avec un peu de chance, il aurait l'occasion de frapper quelqu'un d'autre.

Chapitre 3

À la fin des festivités, Francine commença à se demander comment elle allait rentrer. Elle n'avait pas assez de liquide pour se payer un taxi. Sa voiture, au moins, avait été remorquée. Ayant eu vent de ses problèmes, tante Kerry avait appelé son mari qui était mécanicien pour qu'il la remorque jusqu'à son garage.

Voyant son amie entourée de minuscules vêtements et de jouets pour bébé, la jeune femme ne put se retenir d'esquisser un sourire, ravie de la voir si heureuse.

— Tu as vu ça, Francine ? s'exclama Naomi en brandissant une paire de toutes petites baskets. Putain, c'est trop mignon !

— Horriblement mignon, gloussa-t-elle. Merde, je n'arrive pas à croire que tu vas avoir des jumeaux.

— Heureusement qu'ils vont avoir deux pères pour s'occuper d'eux, soupira son amie.

— Et deux merveilleux nichons, intervint Javier en éclatant de rire, se penchant derrière son fauteuil pour lui prendre les seins à pleines mains.

— Gros cochon ! s'exclama-t-elle en donnant une tape sur l'une de ses mains. On a des invités.

—Il ne reste plus que Francine et mon frère. Tout le monde a fui avant que tu aies eu le temps de leur mettre un balai et une serpillière entre les mains.

—Je ne suis pas si maniaque, marmonna-t-elle.

—Bien sûr que non, la railla Francine en lui tapotant la main.

—Salope!

—Morue.

—Je t'aime, Francine.

—Je t'aime aussi, Naomi.

—Je peux vous aimer toutes les deux? demanda Alejandro avant de se mettre à suffoquer quand Ethan s'approcha de lui par-derrière et l'étrangla avec son bras.

Javier contourna le fauteuil pour aller s'asseoir sur l'accoudoir, passant le bras autour des épaules de son âme sœur.

—Tu es sûre de ne pas vouloir que je le tue pour en faire une descente de lit pour la chambre d'enfant?

—Sûre et certaine. Tu sais à quel point c'est difficile de nettoyer les taches de sang sur le parquet? Et n'oublie pas que je sais de quoi je parle. D'ailleurs, je vais avoir besoin de lui pour qu'il raccompagne Francine chez elle.

Instinctivement, l'intéressée se mit à protester.

—Oh, non. Je vais prendre un taxi, si tu me prêtes quelques dollars.

—Arrête tes bêtises. Mon frère va te ramener. Et il va bien se tenir, ajouta Javier en lançant un regard noir à son frère.

—Mais…

— Il n'y a pas de « mais ». Ça ne le dérange pas. N'est-ce pas, Alejandro ?

Quand Ethan le libéra de son étreinte, le motard se frotta la nuque en souriant.

— Avec grand plaisir.

Le voyant faire un clin d'œil à la jeune femme, Javier poussa un gémissement, mais Francine eut la même réaction que tout au long de la soirée : elle se mit à rougir et commença à avoir chaud. Elle, qui était capable de feindre d'avoir un orgasme en public, qui pouvait se baigner complètement à poil en pleine journée, qui pouvait approcher un type sexy dans un bar et lui demander : « Tu veux baiser ? » Mais, apparemment, quand le bel Alejandro ouvrait la bouche ou la touchait, elle se transformait en une sorte de sainte-nitouche. Pire, elle ne pouvait empêcher sa chienne de louve de glapir d'enthousiasme chaque fois qu'il approchait. Ce qui était pour le moins curieux, car elle faisait exactement la même chose avec Mitchell. Qu'est-ce que cela pouvait bien signifier ? Naturellement, sa meilleure amie avait deux âmes sœurs, mais, vu son tempérament, il lui fallait bien ça. Francine, quant à elle, était d'humeur plutôt égale, et, même si elle était plutôt entreprenante une fois au lit, un homme – Mitchell – suffisait amplement à son bonheur. Mais apparemment, il allait falloir que quelqu'un se dévoue pour l'expliquer à sa louve.

— Francine, ici la Terre. Tu viens, ou quoi ?

Plutôt deux fois qu'une. Une fois de plus, elle se sentit rougir en se levant, et tout le monde se dirigea vers la sortie pour qu'elle puisse partir avec Alejandro.

Naomi l'étreignit.

— Désolée pour ce qui s'est passé avec Mitchell.

— Ce n'est pas ta faute si ton frère s'est conduit comme un gros con. Va vite te reposer, et n'oublie pas de lever les jambes. Il vaudrait mieux éviter que ces bébés sortent trop tôt.

Après avoir dit au revoir aux hommes de Naomi, elle se retourna et descendit l'allée jusqu'à l'endroit où Alejandro l'attendait, superbe dans sa tenue de cuir. À peine l'eut-elle rejoint qu'une silhouette familière surgit d'une des voitures stationnées là et se dirigea vers eux.

Surprise, elle en demeura bouche bée.

— Mitchell ? Qu'est-ce que tu fais là ?

— Je suis venu te raccompagner.

— C'est bon, je m'en occupe, répondit Alejandro en tendant son casque à la jeune femme.

L'homme qu'elle aimait depuis toujours se tourna vers le motard en poussant un grondement féroce.

— Elle ne va pas rentrer avec toi !

— Elle ne t'appartient pas. Qu'est-ce qui te fait croire que c'est à toi de décider ?

— Parce que c'est comme ça.

Oh, sérieusement, Mitchell ne pouvait pas avoir dit ça. Francine se garda d'intervenir pour le moment, de plus en plus contrariée, les regardant se disputer les bras croisés.

Même si elle trouvait cette situation des plus agaçantes, elle ne pouvait pas nier que c'était également très sexy.

Alejandro pouffa.

— Mais quel petit dictateur ! Je vais te dire : pourquoi ne la laisserions-nous pas décider ?

Ils se tournèrent tous les deux vers elle, et elle eut soudain envie de taper du pied. Combien de fois lui était-il arrivé que deux hommes se battent pour elle ? Et pourquoi fallait-il que Mitchell, qui s'était conduit comme un imbécile un peu plus tôt, soit l'un d'eux ? Si elle allait avec lui, elle aurait l'impression de le récompenser pour sa mauvaise attitude. Mais si elle refusait, elle passerait à côté de l'occasion qui lui était offerte de lui faire comprendre qu'elle était devenue adulte. Que faire ?

Prenant une profonde inspiration, elle déclara :

— Je te remercie, Mitchell, mais je ne voudrais pas te déranger. D'ailleurs, Alejandro a besoin d'un point de chute pour la nuit, et je lui ai proposé mon canapé.

Bon, d'accord, elle lui avait raconté des bobards. Elle attendit de voir si le motard allait la contredire mais, même s'il haussa légèrement les sourcils, il la couvrit.

— Oui, par bonheur, grâce à Francine, je ne vais pas être obligé d'entendre mon frère faire l'amour à son âme sœur.

— Non.

Mitchell se contenta de cette simple réponse. Rien de plus. Il croisa les bras.

La situation se faisait de plus en plus cocasse, car Francine ne pouvait désormais plus nier qu'il se comportait en petit ami jaloux. *Ou en frère surprotecteur.* Par égard pour son amour-propre, elle fit comme si la première hypothèse était la bonne.

— Désolée, mais ce n'est pas à toi de décider, lui rétorqua-t-elle d'un ton arrogant. À un de ces jours.

Elle le salua de la main avant d'enfiler son casque. Elle fut aussitôt envahie par une alléchante odeur musquée, et ressentit des picotements dans tout le corps. Pour le dissimuler, elle contourna Mitchell et se hissa sur le siège de la moto. Elle passa les bras autour de la taille d'Alejandro, qui était déjà sur sa machine, et fit mine de ne pas remarquer les regards mauvais que leur lançait Mitchell.

— Accroche-toi, ma belle.

En faisant vrombir son engin, qui se mit à vibrer entre les cuisses de la jeune femme, il mit les gaz. Tandis qu'elle lui donnait des indications de temps à autre, elle fut obligée de reconnaître que c'était très émoustillant. Une fois la moto stationnée devant chez elle, elle ôta son casque en riant et secoua la tête pour se démêler les cheveux.

— C'était drôlement amusant !

— Plus amusant que de tenter de faire mourir Mitchell de jalousie ? lui demanda-t-il avec un sourire en coin.

— Ah. J'aimerais bien. Je suis certaine qu'il est persuadé d'avoir défendu mon honneur. Le con.

Elle tira ses clés d'une de ses poches et le précéda jusqu'à la porte, qu'elle ouvrit, pleinement consciente qu'Alejandro se tenait derrière elle. Elle se demanda s'il serait judicieux de l'inviter à entrer, compte tenu de la réaction de son corps et de sa louve en sa présence.

— Eh bien, je suppose que je vais reprendre la route.

Sur le pas de la porte, elle se tourna pour lui lancer un regard perplexe.

— Pourquoi ? Tu sais aussi bien que moi que tu risques de ne pas fermer l'œil si Naomi décide de faire l'amour avec Ethan et ton frère. Crois-moi, je sais de quoi je parle, ils ne sont pas du genre discret. Et il serait idiot de payer une chambre d'hôtel alors que j'ai un excellent canapé.

Son lit était encore plus confortable. *Vilaine fille.*

Il sembla hésiter.

— Il ne vaudrait peut-être mieux pas. Javier va m'assassiner s'il croit que j'ai osé toucher la meilleure amie de son âme sœur.

— Tu en avais l'intention ? demanda-t-elle d'un air coquin, se sentant un peu plus à l'aise, maintenant qu'il ne paraissait plus très sûr de lui.

— Je ne devrais pas, mais il faut avouer que tu es plutôt attirante.

— La flatterie te perdra, rit-elle. Mais il m'en faudra plus pour t'ouvrir mon lit.

Parce qu'en dépit de son charme – et il n'en manquait pas –, elle avait simplement pour but de rendre Mitchell jaloux, pas de creuser un fossé entre eux. D'autant plus maintenant que ce dernier commençait enfin à la remarquer.

— Maintenant, entre, et buvons une bière pour fêter ça.

Il lui emboîta le pas avant de lui demander :

— Pour fêter quoi ?

— Le fait qu'il n'y a eu qu'une bagarre à cette soirée, et qu'elle s'est déroulée à l'extérieur. C'est certainement un record pour la famille de Naomi.

Il la suivit dans la cuisine en gloussant et se hissa sur un tabouret.

— Si tu as l'impression qu'ils sont graves dans sa famille, il faut que je te présente la mienne ! Même si, d'habitude, il n'est pas tant question de violence que de pères en colère et de filles délaissées. On est les spécialistes des cœurs brisés.

— Mince, et même avec ça tu arrives encore à coucher…

Il lui sourit.

— C'est grâce à mon grand… (il s'interrompit et lui fit un clin d'œil) sourire.

Elle éclata de rire.

— Oh, le coquin. Inutile de se demander pourquoi elles craquent toutes pour toi. (Quand le téléphone se mit à sonner, elle se pencha pour décrocher.) Maison des plaisirs, bonjour, comment puis-je vous satisfaire ? demanda-t-elle d'une voix suave, ayant reconnu le numéro.

— Oh, la vilaine ! s'exclama Naomi. Je vois que tu es rentrée chez toi en un seul morceau. Mais je dois reconnaître que je suis surprise par tes choix.

— Ce n'est pas parce que Mitchell a soudain compris que j'existais que ça lui donne le droit de se conduire comme un abruti. D'ailleurs, tu aurais dû voir sa tête quand je l'ai repoussé. C'était tordant.

Un éclat de rire retentit dans l'écouteur, et Francine éloigna le combiné en ayant un mouvement de recul qui fit sourire Alejandro entre deux gorgées de bière.

— Bon, quand dois-je m'attendre au retour de la boule de poils qui sert de frère à Javier ?

— Demain.

— Pardon ? Francine, ne me dis pas que tu as l'intention de coucher avec lui !

Elle leva les yeux au ciel.

— Bien sûr que non. Mais je me suis dit qu'il préférerait mon canapé au calme à ta chambre d'amis bruyante.

— Ma chambre d'amis n'est pas… Oh, la garce ! Comme si tu étais discrète, toi.

— Je sais que ce n'est pas le cas.

Elle se mit à gémir dans le téléphone, ce qui fit rire Naomi de plus belle et écarquiller les yeux à Alejandro. Elle arriva rapidement au moment où elle criait en haletant : « Oh oui, oh oui ! » avant de redescendre, Naomi gloussant comme une hystérique à l'autre bout du fil. Le pauvre Alejandro la regardait fixement, les yeux vitreux. Elle lui fit un clin d'œil.

— À plus tard, copine. Oh, et fais attention à ne pas accoucher trop vite, à force de faire des folies de ton corps.

Naomi lui répondit en imitant un bruit de pet avant de raccrocher. Francine but une gorgée de bière, jetant un coup d'œil à son invité encore bouche bée.

— Quoi ?

— Je n'arrive pas à croire que tu viens de faire ça.

— Tu veux parler du faux orgasme ? (Elle se fendit d'un sourire radieux.) Je sais. Je suis douée. J'aurais dû travailler pour un téléphone rose ou un truc de ce genre, plutôt que d'opter pour une carrière de secrétaire juridique. Il n'y a rien de plus chiant, hein ?

— À quoi doivent ressembler tes vrais orgasmes !

— Tu aimerais bien le savoir, hein ?

Elle lui fit un clin d'œil, à la fois excitée et à l'aise. Ce qui était assez rare, puisqu'elle rendait dingues la plupart des hommes quand elle se mettait à parler et qu'ils se révélaient incapables de la faire taire.

— En fait, oui, mais ça ne serait pas bien, hein ?

Il semblait hésitant.

Curieusement, elle aussi, mais elle acquiesça néanmoins.

— Pas bien du tout. Mitchell est mon seul et unique. Cet abruti qui refuse de revenir à la raison.

— Tu es sûre que c'est le bon ?

— J'ai su qu'il était mon âme sœur avant de savoir marcher, rétorqua-t-elle. Je n'ai compris ce que je ressentais que lorsque ma grand-mère m'a expliqué ce dont il s'agissait. Ensuite, j'ai essayé pendant des années de lui faire admettre qu'il éprouvait la même chose que moi, mais ce type est aussi fuyant qu'une anguille.

Il prit un air perplexe.

— Et, pourtant, tu veux toujours de lui.

Abattue, elle poussa un soupir.

— Je sais. Je suis super bête, hein ? Il n'arrête pas de me repousser, et j'en redemande. Mais mon cœur sait ce qu'il veut. Enfin, ma louve, plutôt. J'imagine que le destin a voulu que je sois avec le seul homme qui a besoin que je le ligote et que je le frappe jusqu'à ce qu'il cesse enfin de se voiler la face.

— Hmm. Arrête de parler de bondage, sinon, je risque d'oublier que je suis quelqu'un de bien élevé, déclara-t-il avec un regard lubrique.

Elle sourit.

— Tu es très doué pour me remonter le moral, tu sais ? Il va falloir que je te garde sous la main.

Nu et attaché à mon lit. En s'imaginant la scène, elle eut du mal à tenir en place sur son siège.

— Et on dit que c'est moi le dragueur.

Après lui avoir envoyé un baiser, elle l'étudia, tête inclinée, tout en savourant sa bière. Le terme « superbe » était loin de suffire à décrire Alejandro avec son teint hâlé et ses yeux brun foncé. Il serait si facile de craquer pour lui.

— Et toi, alors ? Qu'est-ce que tu fuis ?

— Qui, moi ?

Son air faussement innocent, les yeux écarquillés, la fit glousser.

— Tu t'es fait surprendre dans le mauvais lit ? suggéra-t-elle.

— Ça se produit plus souvent que tu pourrais le croire. Tout ce que j'essaie de faire, c'est d'apporter un peu de plaisir dans la vie des femmes, mais leurs maris ou leurs mecs ont du mal à le comprendre.

Elle fut incapable de s'en tenir à un petit ricanement, et ils se mirent tous les deux à rire à gorge déployée.

— Tu es vraiment un sale gosse.

— Ou quelqu'un de bien, ça dépend de quel point de vue on se place. Tu devrais en profiter, toi aussi.

— Comment ça ?

— Pour ton problème avec Mitchell. Peut-être que ton loup réticent a juste besoin d'un déclic.

— Ce qui signifie ?

— Eh bien, tu dis que, pour la première fois depuis des années, il t'a enfin remarquée, ce soir. Qu'y avait-il de différent, aujourd'hui ?

— Il ne s'est pas enfui avant que j'arrive, répondit-elle d'un ton sec.

— Réfléchis une seconde. Pourquoi est-il resté ?

— Parce qu'il n'a pas eu le temps d'arriver à la porte ? Celle de derrière était bloquée ?

— Non. Je suis persuadé qu'il est resté parce qu'il t'a vue avec un autre homme.

— Tu crois qu'il était jaloux ? (Elle pencha la tête puis la secoua.) Non. C'est plutôt dû au fait qu'il se prend pour mon grand frère. Il a fait la même chose après le bal de fin d'études avec mon malheureux cavalier.

L'image était gravée dans sa mémoire. Mitchell avait cassé la figure à Tommy sans cesser de répéter : *« Espèce de gros porc. Ne touche pas à ma sœur. »*

— Je crois que Mitchell se trompe dans ses sentiments. On n'a qu'à le mettre à l'épreuve.

— Que suggères-tu, précisément ? s'enquit-elle.

— On n'a qu'à sortir ensemble. (La voyant hausser un sourcil, il se reprit.) On n'a qu'à faire semblant de sortir ensemble. Il nous faudra l'aide de Naomi. Elle pourra nous dire où Mitchell traîne, et on ira le narguer en jouant les couples heureux.

— Et il poussera un gros soupir de soulagement parce qu'il croira que je ne veux plus de lui.

— Ou, si c'est vraiment ton âme sœur, il ne pourra s'empêcher de vouloir se débarrasser de moi et de se rapprocher de toi.

Elle lui lança un regard méfiant.

— Et qu'est-ce que tu as à y gagner ?

— Un endroit où dormir. Une occasion d'asticoter mon frère. Entre autres. Et, en attendant que Mitchell daigne te montrer les sentiments qu'il a pour toi, des séances de bécotages avec une rousse incendiaire.

Elle esquissa un rictus.

— On t'a déjà dit que tu étais un très, très vilain garçon ?

— On me le dit tout le temps, généralement avant de me passer les menottes.

Ils éclatèrent de nouveau de rire, la voix grave d'Alejandro lui procurant des sensations étranges dans le ventre.

Merde, il allait falloir qu'elle verrouille sa porte, cette nuit-là, puis qu'elle jette la clé si elle voulait résister à l'envie de redescendre pour lui sauter dessus. Malgré ses sentiments pour Mitchell, elle était obligée de reconnaître que cet homme-là l'excitait terriblement, au point de lui faire mouiller sa culotte.

Chapitre 4

Dès que Francine partit se coucher, Alejandro se tourna et se retourna sur le canapé. Qu'est-ce qui lui avait pris de lui demander de faire semblant de sortir avec lui ? Tout cela pour qu'elle puisse attraper ce crétin de loup, en plus ! Cette jeune femme méritait mieux que ce fichu chien incapable de reconnaître une vraie beauté quand il en avait une sous les yeux. Si cela n'avait tenu qu'à lui, il se serait laissé tomber à genoux pour rendre grâce à la bouillonnante déesse qui savait pousser des gémissements si délicieux.

Mince, quand elle avait feint cet orgasme, il avait failli lui bondir dessus, la plaquer contre le comptoir et la prendre sauvagement. Encore plus bouleversant, son fauve l'avait incité à mettre son plan à exécution, mais en lui rappelant bien de ne pas oublier de planter ses crocs dans sa chair et de la marquer.

Elle ne m'est pas destinée. Du moins tenta-t-il de s'en persuader en changeant encore de position sur le canapé, tentant de faire abstraction de son érection. Il lui avait fallu une volonté de fer pour se retenir de la suivre à l'étage, ou de lui demander un baiser. Jamais auparavant il n'avait ressenti un désir si violent, et jamais il n'avait été obligé de combattre son animal pour conserver la maîtrise de son corps.

Pourrait-il s'agir de mon âme sœur ? Il savait que son père s'était moqué de Javier quand ce dernier lui avait annoncé avoir fait le choix de rester fidèle à une seule femme, alors que lui préférait faire profiter de son amour toutes celles qui en avaient envie, même s'il était toujours revenu auprès de sa mère. Cela les rendait dingues que celle-ci puisse accepter les errances de leur père, surtout quand ils devinaient la tristesse dans son regard lorsqu'elle apprenait l'existence d'une nouvelle conquête ou la naissance d'un nouvel enfant. Alejandro avait toujours juré qu'il serait différent. Il n'avait jamais promis quoi que ce soit à une femme, et refusait de laisser une ribambelle de bâtards derrière lui. Ainsi, personne ne souffrait.

Naturellement, ce plan ne fonctionnait pas toujours, certaines finissaient par s'attacher à lui. Et cela énervait beaucoup leurs pères, qui n'hésitaient pas à le pourchasser, généralement avec un fusil, pour le forcer à un mariage dont il ne voulait pas. D'où sa récente visite à Javier, dont la durée restait encore à déterminer. Cette fois, il ne s'était pas contenté de coucher avec la mauvaise fille. Le père était un chasseur qui avait malheureusement pris connaissance de sa nature. Oups.

Il est peut-être temps que je change de coin pour de bon. Ça a l'air mignon, par ici, et il y a mon frère ainsi que quelques neveux et nièces en préparation. Sa mère lui manquerait, mais elle avait déjà assez à faire avec ses autres frères et sœurs et serait peut-être même soulagée de ne plus l'avoir dans les jambes.

Et sa décision de rester un moment n'avait rien à voir avec une petite rouquine bien roulée qui prétendait ne pas vouloir de lui alors que, rien qu'à son odeur, il savait pertinemment qu'elle brûlait de désir pour lui.

Merde, il allait falloir qu'il s'occupe de son état. Nu, comme toujours, il glissa la main sous la couverture et s'empara de son sexe. Il était en érection depuis qu'il avait fait la connaissance de cette bouillonnante petite louve, et il fallait qu'il remédie à ce problème.

Il se mit à se caresser de haut en bas, la couverture se coinçant dans son poing. Avec un grognement, il la repoussa, l'air frais de la maison ne parvenant toutefois pas à lui faire retrouver une température acceptable. Une jambe par terre, l'autre repliée sur le canapé, il reprit ses va-et-vient, imprimant une cadence régulière à son poignet.

Malgré lui, il ne put s'empêcher de penser à Francine. Il l'imagina à genoux, le regardant avec ses doux yeux noisette pendant qu'elle le suçait, ce qui le fit gémir. Il voyait distinctement ses boucles rousses osciller pendant qu'elle s'occupait de lui, ses lèvres parfaites sur son érection, les joues creusées. Captivé par son fantasme, il faillit ne pas entendre le petit hoquet, derrière lui, dans l'escalier plongé dans l'obscurité. Sans se laisser distraire par la possibilité qu'elle puisse descendre, il continua à se caresser, le dos cambré, réprimant un sourire en percevant son odeur musquée chargée d'excitation.

Il n'osa pas prononcer le moindre mot, ni montrer le moindre signe qui aurait pu lui faire comprendre qu'il était au courant de sa présence. Cela l'aurait fait fuir, sans aucun doute. Toutefois, comprenant qu'elle ne pourrait s'empêcher de l'observer… Merde, il ne put retenir un grognement quand il se mit à accélérer le mouvement. On pouvait dire ce que l'on voulait, mais c'était nettement plus excitant en public. Quand il l'entendit se mettre à respirer aussi vite que lui, il ne se donna plus la peine de se retenir. Son sperme chaud jaillit sur son ventre lorsqu'il atteignit l'orgasme. Un soulagement agréable, mais incomparable avec le fait de jouir dans l'intimité d'une femme.

Prenant son temps, il veilla à ne pas se retourner avant de l'avoir entendue remonter l'escalier en courant. Sa propre galanterie l'étonna mais, pour une raison indéterminée, il refusait de la brusquer, même s'il voulait s'amuser un peu avec elle. En se lavant, il se demanda si elle était partie se cacher sous ses couvertures pour se caresser à son tour, excitée par le spectacle qu'il lui avait donné. Sa queue se durcit aussitôt, comme si ce qu'il venait de faire n'avait servi à rien.

Encore nu, et piqué au vif, il gravit furtivement les marches et se dirigea vers sa porte à pas de loup. Il hésita, l'oreille tendue. Le silence régnait, il retint un soupir. *Bon, elle a dû se coucher.*

Au moment même où il s'apprêtait à redescendre, il l'entendit :

— Tu as trop tardé. J'ai terminé, et je dois dire que je te remercie pour la stimulation visuelle. Ça m'a vraiment aidée à… lubrifier les choses.

Elle se mit à glousser, avant de rire comme une folle en l'entendant redescendre l'escalier en grognant.

La petite garce. S'il avait su qu'elle ne se servirait de lui que pour se faire plaisir toute seule, il aurait... *J'aurais quoi ? Je l'aurais invitée à venir me rejoindre ? Je l'aurais rejointe ?* Quoi qu'il en soit, ils s'étaient tous les deux servis de l'autre pour se caresser. Il était simplement contrarié que, pour la première fois si sa mémoire ne lui faisait pas défaut, une femme n'ait pas besoin de lui pour jouir. Elle lui avait lancé un défi et, putain, elle n'aurait rien pu faire de pire car, à présent, il allait falloir qu'il couche avec elle. Son ego l'exigeait. Et sa queue aussi.

Chapitre 5

Une lâche. Je ne suis qu'une lâche. Francine fut obligée de le reconnaître quand elle se trouva incapable de quitter sa chambre, le lendemain matin, sachant que son humeur effrontée s'était dissipée avec le lever du soleil et qu'Alejandro l'attendait en bas.

Quand elle était descendue, la veille, pour aller chercher un verre de lait, jamais elle ne se serait attendue à trouver son invité en train de se masturber sur son canapé. Encore plus bouleversant, elle s'était laissée captiver par ce spectacle. Une jeune fille bien élevée serait remontée en courant et aurait fait claquer sa porte pour lui montrer ce qu'elle pensait de ses cochonneries. Naturellement, Francine avait oublié de se procurer le livre dans lequel on expliquait comment devait se conduire une jeune fille bien élevée et avait continué à l'observer. À l'admirer, en réalité, haletant doucement pendant qu'il caressait son érection massive, qu'elle aurait préféré avoir en elle.

Merde, ça l'avait tellement émoustillée qu'elle en avait oublié son lait et s'était sauvée dans sa chambre. Dès la porte fermée, elle s'était débarrassée de son pyjama et avait commencé à se caresser le clitoris. Déjà lubrifiée et excitée, elle avait joui rapidement, se cambrant sur le lit, pantelante, en s'imaginant Alejandro en train de lui lécher les seins pendant qu'il lui faisait l'amour. Vilaine fille. Et vilain fantasme aussi. Mais bon sang elle avait apprécié.

Une fois calmée, elle avait entendu qu'Alejandro était monté l'espionner. Le cochon. Le plus drôle, c'était que, à une minute près, elle lui aurait ouvert la porte et l'aurait fait entrer, tant elle était submergée de désir. Au lieu de ça, ayant l'impression de mieux maîtriser la situation après son orgasme, elle avait nargué celui qui avait chamboulé son plan minutieux – bien que parfois un peu fou – pour récupérer Mitchell. Comment osait-il la pousser à le désirer ? Comment osait-il l'allumer au point qu'elle doive se masturber comme une grosse chienne en chaleur ?

Elle avait très bien imaginé sa tête quand elle lui avait appris ce qu'elle venait de faire, avant de se mettre à glousser. Mince, ce que ça lui avait plu ! Mais c'était la veille. Un nouveau jour s'était levé, et il lui fallait quitter son lit, s'habiller et aller travailler. Elle s'était douchée et vêtue dans la petite salle de bains attenante à sa chambre, espérant qu'il partirait pendant ce temps. Mais, à en juger d'après la musique et les bruits qu'elle entendait au rez-de-chaussée, il ne semblait pas avoir compris.

Poussant un soupir, elle s'en voulut de se conduire comme une idiote, et ouvrit la porte. *Je suis chez moi, et c'est juste un type, même s'il est super sexy. S'il dit quoi que ce soit pour me mettre dans l'embarras, je lui lance Naomi aux fesses !* Déterminée, elle descendit, remuant le bout de son nez en sentant des effluves de cuisine. *Il sait faire à manger ?*

Incrédule, elle se rendit dans la cuisine et aperçut deux assiettes remplies d'une montagne de pancakes et de bacon, qui l'attendaient sur le comptoir.

— Il était temps, espèce de petite marmotte, la railla Alejandro en se détournant de la cuisinière avec un sourire qui lui fit battre le cœur un peu plus vite. (Il fit habilement sauter un nouveau pancake sur l'assiette.) Je ne voudrais pas jouer au goujat et manger ça tout seul.

— Bonjour. Et merci.

— Pour le petit déjeuner ? Tout le plaisir est pour moi, ma belle.

— Non, même si c'est très gentil, je parlais du fait de m'avoir aidée à me détendre pour que je puisse passer une bonne nuit.

Elle ne saurait jamais pourquoi elle avait abordé le sujet si aisément après avoir passé autant de temps à angoisser sur ce qu'elle allait bien pouvoir dire. Les joues brûlantes, elle se hissa sur un tabouret. Elle saisit une fourchette et s'attaqua à son petit déjeuner, tout en surveillant Alejandro d'un air circonspect en attendant qu'il lui réponde avec un commentaire de son cru à propos de la nuit passée. En fait, elle était impatiente de pouvoir s'indigner. Ou de faire son insolente. Il se contenta toutefois de manger en silence, lui jetant de temps à autre un coup d'œil, la lueur espiègle dans son regard étant le seul indice qui lui fit deviner qu'il avait lu dans ses pensées.

— Alors, qu'est-ce que tu as prévu de faire, aujourd'hui ? demanda-t-elle entre deux bouchées, rompant le silence.

— Quand je t'aurai amenée au travail, j'irai chercher mes bagages chez mon frère. Je les avais déjà déchargés de la moto quand tu m'as proposé de rester.

Une invitation qu'elle regrettait déjà. Devait-elle lui avouer qu'elle avait changé d'avis ? Qu'il fallait qu'il parte parce qu'elle ne se faisait pas suffisamment confiance pour rester seule avec lui ? Remarquant son sourire en coin, elle comprit que c'était ce qu'il attendait. Ah. Comme si elle allait le laisser l'emporter si facilement.

— Parfait. N'oublie pas d'aller faire quelques courses, pendant que tu y es. Je n'aimerais pas qu'on meure de faim. J'aimerais bien quelques saucisses, longues et grosses, dans lesquelles planter mes crocs. Et un beau morceau de viande bien juteux, du genre qu'on peut glisser entre deux petits pains grillés mais tendre au milieu. Oh, et des Mr. Freeze. J'adore les sucer quand j'ai chaud. Et de la crème. Plein de crème.

Elle parvint à se retenir de sourire en le voyant écarquiller légèrement les yeux.

Il se mit à gémir et à se cogner la tête contre le comptoir en marmonnant :

— Et dire que mon frère craignait que je profite de la situation. Tu es la plus cruelle des femmes que je connaisse.

— Quoi ? Qu'est-ce que j'ai dit ? s'indigna-t-elle en feignant l'innocence.

Incapable de garder son sérieux plus longtemps, elle se mit à ricaner.

— Je t'aurais, la prévint-il en débarrassant le comptoir. Et alors là, tu ne riras plus. Tu crieras, peut-être, et tu mouilleras ta culotte, mais ce sera terminé, les gloussements.

— Je suis prise, lui rappela-t-elle entre deux éclats de rire, incapable de s'empêcher de réagir à sa promesse.

— Oh, je te prendrai aussi, lui lança-t-il avec un regard lubrique.

— Gros cochon.

— Allumeuse.

Ils se sourirent puis s'esclaffèrent, établissant entre eux une étrange relation, assez semblable à celle qu'elle entretenait avec Naomi. *Sauf que je n'ai jamais eu envie de tailler une pipe à ma meilleure amie, ni de coucher avec.*

— Alors, tu peux me « prendre » sur ta moto pour m'accompagner au boulot ? demanda-t-elle en haussant un sourcil.

— Tu vas m'achever, je te jure, grommela-t-il avec humour en allant chercher son blouson.

— Ça veut dire que tu n'as pas l'intention de poursuivre ton plan pour rendre Mitchell jaloux ? lui demanda-t-elle, se demandant si elle n'était pas allée trop loin.

Elle aimait beaucoup son idée de contraindre son âme sœur à la remarquer et, elle le nierait mais, elle aimait beaucoup Alejandro. Il la faisait rire et, étant quelqu'un d'un naturel enjoué, elle adorait ça. Si son plan pour récupérer Mitchell venait à échouer, sans doute Alejandro ferait-il un excellent remplaçant. Puis elle se gifla intérieurement.

Alejandro courait après tout ce qui avait une jupe. Bien sûr, ne s'étant pas jetée sur lui au premier sourire, elle représentait pour lui une sorte de défi mais, dès qu'elle lui permettrait de se lancer à l'assaut de son intimité, il passerait à autre chose. C'était ce que faisaient les hommes dans son genre. Il lui semblait donc très imprudent de compter sur lui comme second choix. Quoique, se servir de lui pour consoler son cœur meurtri et son sexe douloureux, cela pourrait peut-être fonctionner…

Génial, j'ai un type qui ne veut pas de moi, et un autre qui veut de moi jusqu'à ce que je lui cède.

Comme s'il lisait dans ses pensées, Alejandro revint vers elle pour lui dire :

— Ne compte pas te débarrasser de moi aussi facilement, ma belle. Maintenant, pose tes fesses sur cette moto avant que je décide qu'il vaudrait mieux s'entraîner à jouer les jeunes couples sur ton canapé… À poil.

Son regard lubrique la fit détaler, même si sa remarque la titilla au plus haut point. Merde, ce type réduisait ses défenses en lambeaux. Si seulement elle l'avait connu avant de mettre à exécution son plan pour gagner le cœur de Mitchell. Il serait déjà nu en train de festoyer entre ses cuisses. Miam.

Ce plan a intérêt à fonctionner, parce qu'il va bientôt falloir que je trouve un moyen de me soulager, et pas qu'un peu. Et elle doutait qu'il y ait suffisamment de piles dans le monde pour garder son vibromasseur en marche assez longtemps pour éteindre l'incendie qui s'était déclaré dans son sexe.

Le fait d'avoir cette louve sexy derrière lui sur sa moto se révéla une pure torture. D'autant plus qu'il avait dû caser son érection dans le même pantalon en cuir que la veille. Malheureusement pour lui, sa branlette sous la douche le matin même, avant que Francine descende, n'avait rien arrangé, car il n'avait cessé de se remémorer ses paroles de la veille. Et dire qu'il l'avait prise pour une jeune femme délicate et fragile. Elle en avait l'apparence, mais avait la langue si bien pendue qu'elle aurait pu faire tomber un homme à genoux. Et elle en était parfaitement consciente. La garce.

Même s'il mourait d'envie de lui faire l'amour – dans toutes les positions imaginables –, il était obligé de reconnaître qu'il aimait beaucoup sa présence et sa vivacité d'esprit. Rarement était-il tombé sur une femme capable de résister à son charme. Encore plus intriguant, il était convaincu qu'elle avait envie de lui. Elle était incapable de dissimuler complètement le parfum de son désir et la lueur de convoitise dans son regard. Pourtant, elle ne semblait avoir aucune difficulté à le tenir à distance et à se retenir de se jeter sur lui. Quel dommage. Et c'était bien sûr la raison pour laquelle il avait omis de lui signaler que l'on avait ramené sa voiture en parfait état de fonctionnement le matin même. Il l'avait garée à dessein dans une rue adjacente, parce qu'il voulait de nouveau pouvoir la sentir le serrer dans ses bras sur sa moto et l'entendre pousser ses petits cris d'enthousiasme. Il avait également toujours espoir qu'elle laisse glisser ses mains vers son entrejambe, pour qu'elle puisse se rendre compte à quel point elle lui faisait de l'effet mais, même si elle était cramponnée à lui, elle garda les mains contre son torse. Quel dommage.

Quand ils arrivèrent devant l'immeuble où elle travaillait, elle mit pied à terre et ôta son casque avant de le lui tendre. Il n'en tint aucun compte et l'attira à lui d'une seule main avant qu'elle ait pu esquisser le moindre mouvement de recul.

— Tu veux quelque chose ? demanda-t-elle, une lueur d'amusement dans le regard, lui adressant un sourire si sensuel qu'il sentit son cœur se mettre à fondre.

Son envie de goûter à ces lèvres-là le poussa à réfléchir très vite.

— Eh bien, sauf erreur de ma part, tu travailles avec des métamorphes, et certains d'entre eux connaissent peut-être Mitchell. Il vaudrait mieux éviter qu'ils lui rapportent qu'on s'est quittés sans même un baiser. Après tout, on est censés faire semblant d'être ensemble.

— J'ai surtout l'impression que tu cherches le moindre prétexte pour me peloter, rétorqua-t-elle sans se laisser abuser par sa ruse, mais sans tenter pour autant de le repousser.

— Qui, moi ? (Il écarquilla les yeux d'un air faussement innocent, esquissant un sourire en la ramenant vers lui jusqu'à ce qu'il puisse glisser son genou entre ses jambes.) Maintenant, est-ce que je peux profiter de la situation et embrasser une femme magnifique ?

— Non, tu es bien trop galant pour ça, soupira-t-elle d'un air faussement résigné. Mais pas moi.

Elle se pencha et pressa sa bouche contre la sienne, un contact bref qui procura au motard des frissons dans tout le corps et qui lui donna envie de recommencer. Quand elle fit mine de s'écarter après ce petit bisou superficiel, il la garda contre lui en resserrant son étreinte et approfondit leur baiser, laissant un peu libre cours au désir intense qu'il ressentait pour elle.

La foudre le frappa, le laissant complètement sonné. Mais malgré le désordre dans son esprit, qui fit feuler son fauve, il savait quoi faire de sa bouche. Il s'empara de la lèvre inférieure de la jeune femme et l'aspira jusqu'à ce qu'elle se mette à haleter. Quelqu'un de sensé aurait aussitôt interrompu ce baiser, mais il semblait malheureusement avoir perdu tout sens commun. Plutôt que s'arrêter, il pressa les muscles bandés de sa cuisse contre son entrejambe et lui lécha les lèvres.

J'ai envie d'elle. De la prendre. De la marquer. Oh, merde.

Toutefois, avant qu'il la fasse se pencher en avant pour la prendre – tant pis s'ils avaient du public –, il la libéra et elle tituba en arrière. Mince, elle était vraiment belle le visage rougi et les lèvres enflées. Et il entendait son cœur battre malgré son souffle haletant. Il voulait de nouveau la serrer contre lui. L'embrasser. L'emmener quelque part et lui faire l'amour jusqu'à ce qu'elle lui griffe le dos et le supplie de la marquer. Pour qu'il puisse la garder à tout jamais.

Putain, je suis dans la merde.

— À très bientôt, parvint-il à lui glisser malgré sa panique grandissante.

Cela le fit souffrir de devoir faire abstraction de la déception qu'il lisait sur son visage. Et de sa confusion. De son désir. De son désir pour lui, et non pour Mitchell.

Redressant les épaules, elle lui adressa un léger sourire.

— Eh bien, ce n'était pas si mal. Au moins, je n'ai pas eu envie de vomir comme avec Ken il y a quelques années. Bien sûr, pour sa défense, j'avais déjà descendu un certain nombre de Sex on the Beach. Mais, la prochaine fois, ça te dérangerait de me peloter un peu plus ? Personne ne croira qu'on est fous l'un de l'autre si tu ne poses même pas les mains sur mes fesses. Enfin, quoi ! Il va falloir faire mieux que ça.

Et, avant qu'il ait pu de nouveau serrer sa garce bouillonnante contre lui pour lui montrer qu'il s'était largement retenu, elle s'éloigna d'un pas nonchalant, la coquine, faisant rouler ses fesses rebondies d'une manière hypnotique.

Ouais, vraiment, vraiment dans la merde… Et, pourtant, même en se rendant compte que Francine pourrait se révéler bien plus qu'un coup vite fait, il ne put s'empêcher de sourire. Parce que, après tout, elle l'avait embrassé… Et cela lui avait plu, malgré ce qu'elle avait pu dire. Son pantalon de cuir mouillé en était la preuve.

Le lendemain, Mitchell se rendit chez sa sœur de bon matin, après avoir préparé une bonne partie de la nuit le discours qu'il destinait au frère de Javier. En voyant Naomi prendre son petit déjeuner dans la cuisine lumineuse avec ses deux hommes, il ne comprit pas immédiatement qu'Alejandro n'était pas revenu depuis la veille. Même s'il avait parfaitement entendu Francine l'inviter à dormir sur son canapé. Comme c'était une fille bien, il était persuadé qu'elle s'était ravisée et avait envoyé balader le Casanova.

Pour s'adresser à Javier, il prit sa voix de chef de famille :

— Il faut que je parle à ton frère. À propos de Francine.

Naomi haussa un sourcil.

— Excuse-moi, mais qu'est-ce que tu fais de : « Bonjour, comment ça va, aujourd'hui ? » Ou des trucs de base, comme frapper à la porte ? Tu t'es levé du pied gauche, ou quoi ? Parce que je doute que ce soit le cas d'Alejandro.

Puis elle se mit à ricaner, et il comprit soudain pourquoi, ce qui le fit voir rouge.

— Tu veux dire que ce pervers a passé la nuit chez Francine ? rugit-il. Comment peux-tu le laisser lui faire ça ? C'est ta meilleure amie !

À peine eut-il terminé sa phrase qu'un Javier passablement hérissé se planta devant lui.

— Surveille ton langage. Le pervers dont tu parles, c'est mon frère. Et c'est Francine qui l'a invité à dormir chez elle.

— Je croyais qu'elle avait dit ça uniquement pour me faire chier. Tu veux dire qu'il y est vraiment allé ?

— Oui, pourquoi ? Ça te pose un problème, Mitchell ? demanda sa sœur en beurrant tranquillement une tranche de pain grillé. Après tout, tu ne sors pas avec. Francine est libre de fréquenter qui elle veut. Et j'aime bien Alejandro. Il est mignon. (En entendant un grognement, elle se reprit.) Mais pas autant que mes âmes sœurs, qui ont apparemment encore besoin qu'on leur rafraîchisse la mémoire malgré la nuit qu'on vient de passer.

Ethan baissa la tête et se mit à rougir, Javier se fendit d'un sourire, et Mitchell poussa un gémissement plaintif.

— Oh, tu es dégueulasse, Naomi. Je n'ai vraiment pas envie de le savoir.

— Très bien. Alors, imagine-toi plutôt Francine et Alejandro. Personnellement, je suis persuadée qu'ils feront de jolis bébés et, puisque tu n'es pas près de les lui faire, autant qu'elle choisisse un gars mignon.

— Mais c'est un… un…

— Un quoi ? Un séducteur ? Un amant avec une excellente technique ? Un salaud de beau gosse ? (Alejandro fit irruption dans la cuisine avec un sourire jusqu'aux oreilles, l'air très content de lui.) Eh bien, la réponse à toutes ces questions, c'est oui. Bonjour tout le monde ! Quelle belle matinée. J'aimerais bien rester vous dire à quel point Francine et moi pourrions avoir de beaux bébés, mais je suis simplement venu chercher mes affaires. Je vais avoir besoin de vêtements de rechange pour le temps que je vais passer chez elle.

— Comment oses-tu profiter d'elle ? Tu ferais mieux d'aller dans un motel ou je ne sais quoi, lâcha Mitchell.

— Pourquoi, alors que j'ai trouvé un point de chute si… Comment dire ? Ah oui, « somptueux ».

Mitchell prit un air méprisant, et cette traîtresse de Naomi se mit à glousser.

— Je t'interdis de la toucher !

Il faillit grincer des dents tant il avait les mâchoires serrées.

— Et pour quel motif ? Elle est célibataire, magnifique et, encore mieux, très intelligente et vive d'esprit.

— Serais-tu en train de me dire que tu es son âme sœur ?

Mitchell manqua de s'étouffer en posant la question, son loup ayant retroussé les babines dans son esprit, nullement emballé par l'idée que quelqu'un d'autre puisse poser la main sur Francine.

— Voyons voir, dit Alejandro en se tapotant le menton. Elle fait miauler mon fauve, ce qui, je dois le reconnaître, est plutôt inhabituel. Quand je la vois, mon sexe devient plus dur qu'une barre d'acier. Oh, et je peux l'écouter pendant des heures. Je veux dire « l'écouter crier » pendant que je lui fais l'amour.

Il avait allégrement franchi la ligne rouge. Mitchell se jeta sur lui, et Naomi s'écria aussitôt :

— Pas chez moi ! Fais quelque chose, Ethan !

Mitchell ne put donner qu'un seul coup de poing – et il manqua sa cible –, avant qu'Ethan le ceinture en lui maintenant les bras dans le dos, tandis qu'Alejandro le regardait d'un air suffisant, jusqu'à ce que Javier le saisisse par les poignets.

— Eh, s'exclama le tombeur.

— Cesse de le chercher. Mitchell, ne fais pas attention à ce qu'il raconte. Francine ne l'intéresse pas du tout. C'est juste pour t'emmerder. Il est très doué pour ça.

— Calomnies ! répliqua-t-il d'un air faussement indigné.

— Que tu dis.

— Oh, je ne parlais pas du fait de vouloir l'emmerder. Ça, je ne le nie pas. Mais laisse-moi te dire que Francine m'intéresse au plus haut point. Assez pour que je fasse quelque chose que je n'ai encore jamais fait, annonça Alejandro. J'ai rencard avec elle.

Sa remarque fut accueillie par un silence de mort. Javier chuchota :

— Oh, merde. Il est sérieux. Naomi, il faut que tu l'en empêches. S'il sort avec Francine, ça signifie qu'il ne partira plus jamais et que je devrai le supporter (il déglutit) presque tous les jours.

Naomi, qui était passée à l'ennemi, se mit à frapper dans ses mains.

— Oh, ce serait génial ! J'ai toujours trouvé qu'Alejandro était le plus drôle de tes frères. Et ça veut dire que, même si Mitchell refuse de prendre le taureau par les cornes, elle finira quand même par devenir ma belle-sœur.

— Merci, Naomi, se réjouit l'intrus. Ta bénédiction signifie énormément pour moi. À présent, si vous voulez bien m'excuser, il faut que j'aille récupérer mes affaires et me changer pour aller déjeuner avec Francine. C'est un rendez-vous surprise.

Il s'éloigna en sifflotant, et Ethan libéra Mitchell.

L'air maussade, ce dernier déclara :

— Sérieux, tu ne vas pas être d'accord avec ça, si ?

— Pourquoi, Mitchell ? On croirait que tu es jaloux. C'est le cas ?

Ils se tournèrent tous les trois vers lui, attendant sa réponse.

Il manqua de laisser échapper un oui, mais se mordit la langue. Poussant un grondement, il tourna les talons et partit sans répondre. *Je ne suis pas jaloux, je fais juste attention à Francine, puisque personne ne semble vouloir s'en donner la peine.* Il continua à se répéter ce mensonge, prenant une douche rapide et se changeant avant de s'engouffrer dans sa voiture et de prendre la direction du bureau de Francine, enfreignant toutes les limitations de vitesse. Ne s'étant jamais soucié du lieu où elle travaillait, il avait dû quémander l'information à sa mère. Celle-ci lui avait alors lancé un regard sévère, accompagné d'un :

— Pourquoi ?

La réponse qu'il lui avait donnée alors qu'il était lui-même incapable de comprendre ce qui lui arrivait ?

— Parce que.

Et c'était tout. Sa mère avait alors pouffé, mais lui avait tout de même donné l'adresse, sans manquer de lui faire savoir qu'elle espérait qu'il finirait par revenir à la raison.

En fait, Mitchell avait l'impression d'avoir en partie perdu la tête, mais il s'en moquait. Un seul motif l'avait conduit là où il en était : empêcher Francine de commettre une erreur monumentale. Pas parce qu'il avait l'intention de sortir avec elle. C'était toujours sa sœur adoptive mais, en tant que frère, il lui appartenait de l'empêcher de succomber au charme de beaux parleurs qui ne rêvaient que de coucher avec elle et de lui briser le cœur.

Je lui rends service. Elle m'en remerciera, plus tard. Il faillit pousser un grognement quand il l'imagina subrepticement à genoux, en train de le sucer pour le remercier. *Il faut vraiment que je m'envoie en l'air, moi. Ce soir, dès que j'aurai réglé tout ça, j'appellerai Jenny.* Le problème, c'était qu'il ne parvenait même pas à se représenter le visage de sa copine par intermittence, qu'il connaissait intimement depuis des années. Celui de Francine ne cessait de se superposer au sien. Il ne comprenait pas vraiment ce qui le poussait à imaginer une telle chose. Il avait le sentiment d'être fou. Il saisissait parfaitement son besoin de protéger la jeune femme, mais le reste… La colère dans laquelle il se mettait quand il se la figurait avec Alejandro, l'étrange désir qu'il éprouvait en se rappelant qu'elle était désormais adulte… Tout cela n'avait aucun sens à ses yeux.

C'était la réaction de son loup qu'il trouvait la plus déroutante, car ce dernier ne cessait de tourner en rond en grognant dans son esprit, le pressant d'agir. Mais Mitchell n'en tenait aucun compte. *Enfin, quoi ? Mordre Francine pour l'empêcher de sortir avec ce séducteur ? C'est n'importe quoi. Je réglerai ça comme d'habitude, en lui ordonnant de ne plus approcher ce type et, si ça ne fonctionne pas, je me verrai dans l'obligation de régler son compte à cet enfoiré.* La perspective de devoir en venir aux mains lui plaisait d'ailleurs beaucoup.

Il se gara au pied de l'immeuble de bureaux que sa mère lui avait indiqué, devant un parcmètre. Il se fendit d'un sourire vicieux en ne voyant aucune moto à l'horizon, ce qui signifiait qu'il avait de l'avance sur le fauve.

Mais il lui fallait se hâter s'il voulait la faire sortir de là avant l'arrivée de Casanova. Naturellement, quand il la vit si sérieuse à son bureau, tapant sur le clavier de son ordinateur, sa chevelure rousse rassemblée en chignon, sa première pensée ne fut pas pour son discours « c'est pour ton bien ». Non, il se demanda si elle aurait encore ce regard déterminé quand il lui ferait l'amour sur ce bureau, au milieu de ses dossiers.

Il voulut se gifler. *C'est mal. C'est très mal. Rappelle-toi, c'est comme une sœur pour toi. Elle n'est ni mignonne ni agréable à regarder.*

S'efforçant de s'en souvenir, ainsi que du motif de sa venue, il se rua vers elle, se focalisant sur sa colère pour éviter de l'imaginer nue.

Ce fut sa louve qui remarqua la première sa présence, jappant dans son esprit pour la prévenir qu'elle avait de la visite. Quand elle leva les yeux de son bureau, elle aperçut un Mitchell grimaçant qui fonçait droit sur elle. Malgré l'air désagréable de l'homme, elle sentit son cœur se mettre à battre.

— On va déjeuner, déclara-t-il, cette perspective ne semblant guère l'enchanter.

— Ça alors, merci de me demander mon avis, répliqua-t-elle sèchement. Tu t'es transformé en homme des cavernes pendant la nuit ou tu as simplement oublié tes bonnes manières ?

Même s'il lui demandait enfin de sortir avec lui, elle n'avait pas pu s'empêcher d'être sarcastique. Étrangement, quand elle s'était imaginé leur premier rendez-vous, il lui avait semblé nettement plus ravi.

Il prit un teint rougeâtre.

— Désolé. Je suis, euh… je suis affamé. C'est ça, je suis affamé. Et comme j'étais dans le quartier, je me suis dit que j'allais te demander si ça te dirait de te joindre à moi.

Quelque chose semblait clocher. Elle jeta un coup d'œil par la fenêtre pour examiner le ciel, et s'abstint de tout commentaire.

Mitchell, lui, trépignait d'impatience.

— Euh, Francine, qu'est-ce que tu fais ?

— N'ayant vu aucune poule avec des dents, je regarde s'il y a des cochons qui volent.

— Qu'est-ce que tu veux dire ?

— Je veux dire que tu m'as évitée comme la peste pendant ces cinq dernières années, et, tout à coup, en vingt-quatre heures, tu es constamment avec moi. Tu veux bien m'expliquer ce qui se passe ?

Elle se tourna de nouveau vers lui, évitant de sourire en le voyant si mal à l'aise.

— Je n'ai pas le droit de demander à une vieille amie de venir déjeuner avec moi ? grommela-t-il, l'air si délicieusement troublé qu'elle eut envie de lui sauter dessus pour l'embrasser comme une folle.

Puis de le gifler pour s'être montré si mufle avec elle.

— J'imagine que si, répondit-elle en continuant à se demander ce qui avait pu motiver sa visite si impromptue.

Alejandro et elle n'avaient même pas encore mis leur plan à exécution. Était-il déjà en train de fonctionner ? *Quelqu'un lui a sans doute parlé du baiser. Les nouvelles vont vite, par ici…*

— Parfait. Alors, prends tes affaires, qu'on s'en aille.

Elle se leva et se dirigea vers le classeur dans lequel elle rangeait son sac à main.

— Rien ne presse. Toi aussi, tu es en pause-déjeuner ?

— Pas vraiment, je suis en congé toute la semaine. Ils refont la peinture du bureau.

Commercial dans une société d'humains spécialisée dans le matériel de chauffage et de climatisation, Mitchell gagnait relativement bien sa vie, même si ses choix de carrière semblaient quelque peu étranges.

— Tu peux te dépêcher un peu, s'il te plaît ?

Se mordant la lèvre, Francine se retint de rire en le voyant dans tous ses états parce qu'il l'avait invitée à déjeuner. Peut-être le vent avait-il tourné et commençait-il à ressentir les premiers effets de la fièvre qui s'emparait généralement des âmes sœurs. Ou comment prendre ses désirs pour des réalités…

Elle le suivit en silence jusqu'à l'ascenseur, puis dans le hall de l'immeuble. Il évita soigneusement de croiser son regard, ce qui permit à Francine d'examiner tranquillement ce jeune homme séduisant duquel elle n'avait pu avoir que de brefs aperçus au cours de ces dernières années.

Son vieux tee-shirt mettait en valeur sa fine musculature, le tissu étiré sur ses larges épaules. Quant à son jean délavé taille basse, il lui moulait les cuisses. Il était coiffé n'importe comment, comme s'il venait de se passer la main dans les cheveux. Sans oublier son visage : il avait toujours les mêmes traits anguleux, les mêmes yeux perçants et le même menton carré. Il était toujours aussi beau.

Alors qu'elle était captivée par son physique, il semblait incapable de détourner son regard de ses chaussures plates. Celles qu'elle se gardait sous la main au bureau. Heureusement, elle y avait aussi un stock de vêtements de rechange. Elle avait mouillé sa culotte et son pantalon quand Alejandro l'avait embrassée. Le cochon. D'ailleurs, elle se demanda où il serait lui pendant qu'elle déjeunerait avec Mitchell.

Quand ils franchirent les portes vitrées de l'immeuble, elle aperçut l'objet de ses pensées et surprit le sourire triomphant de Mitchell. Oh, génial. Elle s'était fait prendre au piège d'un concours de virilité. Cela allait être à celui qui pisserait le plus loin. Heureusement qu'elle avait appris à viser des années auparavant, les nombreuses fois où elle était allée faire du camping, parce qu'elle avait hâte de participer.

— Jag ! s'écria-t-elle lui en faisant un signe de la main.

— Jag ? gronda Mitchell.

En voyant ce dernier grimacer, elle esquissa un sourire.

— Il a un nom tellement long à prononcer, surtout dans le feu de l'action, que je lui ai donné un surnom qui correspond bien à son grand fauve. Ne t'inquiète pas, Mitchy, poursuivit-elle en employant le surnom qu'il détestait quand il était enfant et auquel elle n'avait plus pensé depuis des années. Je ne vais pas te faire faux bond pour aller déjeuner. Après tout, c'est toi qui me l'as demandé le premier. Ça t'ennuie si Jag se joint à nous ? Après tout, il a fait tout un détour pour venir me voir. D'ailleurs, je suis convaincue que si vous vous en donnez chacun l'occasion, vous verrez que vous avez de nombreux points communs.

Elle n'eut pas le loisir de profiter longtemps de l'incrédulité de Mitchell, car le motard la fit aussitôt pivoter, et l'embrassa. Oh, quelle agréable sensation. Comme ce matin, quand il avait insisté pour obtenir un baiser, elle ressentit à son simple contact des picotements dans tout le corps et en eut le souffle coupé. Elle renonça à analyser trop attentivement ce qu'elle ressentait, mais se mit à redouter que, malgré son affection pour Mitchell et tout le désir qu'elle éprouvait pour lui, Alejandro puisse également jouer un rôle dans ses projets. *Il va aussi falloir que j'embrasse Mitch, pour en avoir le cœur net. Je me demande si je pourrais le convaincre de se laisser faire.*

Elle ne put profiter bien longtemps de cette étreinte car, en parfait faux petit ami, Jag leva les yeux et lui adressa un sourire avec toute la grâce indolente d'un félin qui viendrait d'avoir attrapé un canari.

— Salut, ma belle. Je voulais te faire une surprise et t'emmener manger quelque chose de délicieux.

— Hmm, quel programme, ronronna-t-elle. Ça t'ennuie si Mitchy nous accompagne ? Il était dans le quartier et m'a demandé en premier d'aller déjeuner avec lui. Et, apparemment, il est affreusement grognon quand il a faim.

— Pas de problème. Ma mère m'a toujours appris à partager.

Puis il fit un clin d'œil à Mitchell.

Un instant, après cette allusion d'Alejandro, elle crut que Mitchell allait soit péter un câble, soit mourir de honte.

Mais il se contenta de serrer les lèvres et de dire entre ses dents :

— Allons-y.

Heureusement qu'Alejandro la tenait solidement par la main, parce qu'elle avait complètement perdu la tête depuis qu'il avait parlé de partager. Aussitôt, elle s'était imaginée au lit avec les deux. Quel dommage, Mitchell n'accepterait sans doute jamais une chose pareille. D'autant plus dommage que plus elle passait de temps en leur compagnie, sa louve tournant en rond, le cœur battant et la culotte détrempée, plus elle se demandait ce qu'elle ferait si elle devait choisir. Se déciderait-elle pour celui qu'elle connaissait et aimait depuis toujours mais qui la méprisait, ou pour le Casanova qu'elle venait de rencontrer, qui lui disait tout ce qu'elle voulait entendre et qui ne faisait aucun mystère du désir qu'il éprouvait pour elle, mais qui la quitterait probablement dès qu'il serait parvenu à coucher avec elle ?

Encore seule si peu de temps auparavant, la voilà qui avait trop d'hommes. Le destin aimait vraiment faire tourner les gens en bourrique.

Assise entre les deux sur une banquette en forme de U à un pub du quartier où l'on mangeait incroyablement bien, elle n'avait cessé de les observer tour à tour. Petit manège qu'ils n'avaient pas remarqué, trop préoccupés qu'ils étaient à se dévisager l'un et l'autre. Plus précisément, Mitchell le fusillait du regard, pendant qu'Alejandro lui souriait d'un air suffisant. Apparemment, ce serait à elle de faire la conversation si elle voulait éviter d'être à l'origine d'une bagarre générale. Génial.

— Alors, Mitchell, pourquoi voulais-tu à tout prix qu'on déjeune ensemble ?

— Ouais, Mitchy, le taquina Alejandro en prenant la main de Francine. Je dois dire que si j'avais su qu'on serait trois, j'aurais apporté de la vaseline.

Sentant le sang lui monter à la tête, Mitchell serra les dents.

— Premièrement, je ne suis pas là pour coucher avec Francine. Ni avec toi, espèce d'infâme pervers.

Alejandro éclata de rire.

— Oh, la vaseline, ce n'était pas pour toi, mais pour ma petite louve, ici présente. Rien de tel qu'un bon sandwich pour faire crier une femme. De plaisir, naturellement. Ne t'inquiète pas, je n'ai aucune visée sur ton corps décharné. En ce qui concerne Francine, en revanche…

Il se tourna vers elle et lui décocha un sourire voluptueux en lui caressant la main avec son pouce.

Elle fut parcourue par un frisson et sentit des picotements dans le bas-ventre. Elle ne pouvait plus s'empêcher de s'imaginer nue entre ces deux hommes. Ce qui, malgré sa curiosité, ne se produirait jamais. Mitchell préférerait se trancher la queue, ne serait-ce que pour les contrarier. D'ailleurs, elle avait du mal à voir de quelle manière elle pourrait le convaincre de la partager avec un autre. Au rythme où allait cette conversation, elle allait probablement devoir se contenter de sa main, parce qu'ils finiraient tous les deux à l'hôpital, victimes de l'arrogance masculine et de leur testostérone.

Tout en sachant que la proposition d'Alejandro ne porterait jamais ses fruits, elle joua tout de même le jeu. C'était trop amusant pour s'en priver.

— Jag ! gémit-elle. Espèce de vilain, vilain garçon. Quelle bonne idée ! Mais Mitchy ne semble pas très attiré par tout ce qui est un peu olé olé. C'est plus un adepte du missionnaire, d'après ce que j'ai entendu dire. Hein, Mitchell ?

Elle lui sourit sereinement, se mordant la joue pour éviter d'éclater de rire en le voyant virer à l'écarlate. *Qu'est-ce que je suis méchante.* Mais, encore une fois, elle n'avait pas l'intention de changer pour qui que ce soit, pas même Mitchell. L'outrancier et le grivois, c'était son rayon.

— Je ne suis pas prude, marmonna-t-il entre ses dents.

Elle tenta de le réconforter en lui tapotant la main.

— Bien sûr que non. Ce n'est rien. Tout le monde n'est pas dans l'expérimentation sexuelle.

— Ni dans le plaisir extrême, visiblement, intervint Alejandro en lui prenant le menton pour la forcer à se tourner vers lui.

Et, oh, si elle n'avait pas su qu'il jouait un rôle, elle aurait sans doute succombé à son regard brûlant. Ou à ses lèvres sensuelles…

Un grondement la fit sursauter et détourner les yeux de ceux du félin pour se tourner vers Mitchell. Encore rouge, ce dernier avait le regard étincelant et les poings serrés sur la table au point d'en avoir les articulations blanchies.

— Ça suffit, Francine. Sérieusement, ne me dis pas que tu sors avec ce type. Non seulement c'est un pervers, mais c'est un porc qui saute sur tout ce qui bouge.

— Un fauve.

— Si tu veux, enfoiré. Tout le monde voit bien qu'il va te briser le cœur.

— Comme si tu ne t'en étais pas déjà chargé.

Ne sachant plus où se mettre, il se contenta de baisser les yeux.

— Je ne t'ai jamais rien promis. C'est toi qui me courais toujours après. J'ai essayé de te laisser tranquille.

Pour une raison ou pour une autre, cela l'agaça profondément. Oui, elle lui avait couru après, mais comment osait-il la faire passer pour une garce prête à tout. Si elle l'avait harcelé, c'était parce que son instinct lui avait dit qu'ils étaient faits l'un pour l'autre.

—Je vois. Eh bien, continue à me laisser tranquille, Mitchell. Tu avais raison. Je ne peux pas te forcer à m'aimer. Ni à t'attacher ou même à vouloir de moi à tes côtés. Tout le contraire d'Alejandro. Alors, félicitations, tu es libre. C'est terminé, je ne me laisserai plus mener par le bout du nez par un fantasme de gamine.

Ouvrant et refermant la bouche à plusieurs reprises, Mitchell sembla incapable de répondre.

—Alors, c'est tout ? Tu n'es plus persuadée qu'on est promis l'un à l'autre ?

En fait, elle en était parfaitement convaincue, et sa louve se mit à hurler, agacée qu'il soit incapable de le comprendre.

—Oh, je sais qu'on est faits l'un pour l'autre. En ce moment même, ma louve me pousse à me jeter sur toi et à planter mes crocs dans ton cou. Mais ne t'inquiète pas, le rassura-t-elle en secouant la tête d'un air attristé quand il eut un mouvement de recul, il est évident que tu ne ressens pas la même chose pour moi. D'ailleurs, il semblerait que le destin t'ait trouvé un remplaçant.

Elle se détourna de lui, le cœur lourd de s'être mise à nu et de voir qu'il persistait à croire qu'ils n'étaient pas destinés à être ensemble. Alejandro se rapprocha d'elle sur la banquette pour pouvoir la prendre par la taille. Elle se réjouit de son soutien et se tourna vers lui, se blottissant dans le creux de son cou.

—Je suis désolé, Francine, chuchota Mitch. Je, euh… en fait, tu es comme une…

Elle se crispa.

— Je sais. Je sais. Je suis comme une sœur, pour toi. Adieu, Mitchell. Inutile de te cacher en me voyant, désormais. J'en ai assez.

S'obligeant à ne pas le suivre du regard, elle s'imprégna du parfum d'Alejandro, son côté musqué à la fois excitant et apaisant. Sa louve se mit à tourner en rond dans son esprit, complètement désorientée. D'un côté, elle refusait que Francine laisse Mitchell s'en aller mais, en même temps, elle voulait qu'elle ouvre grand la bouche et qu'elle imprime sa marque sur l'apollon au teint hâlé qui la tenait dans ses bras. Elle voulait de cet homme qui ne lui avait rien promis et qui s'était contenté de jouer un rôle de manière si convaincante que même son côté humain s'était laissé avoir.

— Il est parti, murmura Alejandro. C'est vraiment un imbécile, tu sais ?

Elle voulut s'écarter de la tentation mais se révéla incapable de quitter l'étreinte d'Alejandro.

— Ce n'est pas un imbécile, c'est juste qu'il a un sens de l'honneur surdéveloppé. Un peu comme toi, j'ai l'impression.

— Moi ? (Incrédule, il baissa les yeux sur elle.) On m'a affublé de toutes sortes de caractéristiques, dans mon existence, mais « sens de l'honneur surdéveloppé » ? Ça ne m'était jamais arrivé.

— Peut-être parce que tu n'as jamais eu l'occasion de le montrer. Je suis persuadée que tu es beaucoup mieux élevé que tu le crois.

Il l'embrassa sur le bout du nez.

— Et tu as de la chance que nous soyons en public, sinon je t'aurais montré que je n'ai aucun principe.

— Hmm. Du sexe en public. Je n'appelle pas ça une menace, ronronna-t-elle. Plutôt des préliminaires. (Il laissa tomber sa tête sur la table avec un bruit sourd, ce qui la fit éclater de rire.) Qu'est-ce que j'ai dit ?

— Quand j'ai donné mon accord pour ce subterfuge, marmonna-t-il la tête encore sur la table, je ne m'attendais pas à ce que tu tentes de me tuer en me faisant exploser les couilles.

— Pauvre Jag. Je suis trop difficile à gérer pour toi ? Ce ne serait pas la première fois qu'un homme a ce problème. D'ailleurs, le plus bel exemple vient de mettre les voiles. En parlant de ça, notre cible est partie, il n'est donc plus nécessaire que tu fasses semblant.

Tournant la tête de côté, il la regarda avec un sérieux qu'elle trouva dérangeant.

— Et si je n'avais pas joué la comédie ? Et si je ressentais quelque chose pour toi ? Que dirais-tu ?

Ses paroles la prirent au dépourvu, d'autant plus qu'elle-même s'était posé la question. Voulait-elle d'Alejandro comme amant ? *Oui.* Pour toujours ? *Il est trop tôt pour le savoir.* Voulait-elle de Mitchell ? *Je dois être bête, mais oui.*

Elle ne put lui répondre, une serveuse arrivant avec leurs boissons. Remarquant la façon dont celle-ci souriait de manière engageante à Alejandro pour tenter de le séduire, Francine se souvint d'un fait important. *C'est un homme à femmes. Même s'il me trouve intéressante aujourd'hui, comment puis-je écarter toute éventualité avec Mitchell, sachant très bien qu'Alejandro ira probablement voir ailleurs dès que j'aurai succombé à son charme ?*

Avant qu'ils passent commande, la jeune femme se redressa et s'écarta de lui. En attendant leurs plats, elle réfléchit à la question « Mitchell », tentant d'oublier ses sentiments pour Alejandro. Elle refusait d'imaginer que tout ce qu'elle avait dit sur lui pouvait être vrai, et ne pas faire partie de leur plan.

Tout à coup, il rompit le silence.

— Jag, hein ? C'est bien trouvé. C'est un diminutif pour mon fauve ? Le puissant jaguar redouté de tous ?

Elle se mit à glousser.

— Non. Je ne sais pas pourquoi, mais tu m'as fait penser à ces pilotes de chasse très sûrs d'eux, donc à l'armée et à cette série, *Jag*. Mais ça fonctionne dans les deux cas.

Il se frappa sur la poitrine.

— Oh, tu sais remettre les hommes à leur place, toi.

— Mes grands-mères m'ont tout appris.

— Tu es proche d'elles ?

— Très proche, répondit-elle en remuant son verre. Ce sont elles qui m'ont élevée, pour ainsi dire.

— Et tes parents ? À moins que tu n'aies pas envie d'aborder ce sujet ?

— Je n'ai rien à cacher. (À l'exception du fait que Mitchell n'était pas le premier à la fuir et à lui briser le cœur.) Ma mère est tombée enceinte d'un métamorphe quand elle n'était encore qu'une adolescente. Aucun des deux n'était prêt à s'installer ou à accepter la responsabilité d'un enfant. Alors, j'ai passé mon temps à faire des allers et retours entre les maisons de mes grands-parents. Merde, même aujourd'hui, ma mère a du mal à se rappeler qu'elle a une fille. Elle est partie en croisière je ne sais où avec son nouveau mec. Quant à mon père, ça fait des années que je ne l'ai pas vu. Aux dernières nouvelles, il était aux Bahamas avec sa nouvelle petite amie.

Alejandro la regarda avec une pointe de tristesse dans ses yeux noisette.

— Ça craint.

Elle haussa les épaules. Elle en avait souffert, mais avait tourné la page. En grande partie.

— J'ai fait la connaissance de Naomi quand je logeais chez ma grand-mère maternelle. Celle-ci avait l'habitude de prendre le café avec Meredith, la mère de Naomi et, déjà toutes petites, on s'entendait bien.

— Je suis sûr que vous avez dû faire des ravages, toutes les deux.

Elle laissa échapper un gloussement.

— Oh, ça, oui. Je crois que Chris ne nous pardonnera jamais de l'avoir obligé à mettre une couche pour qu'on puisse jouer à la maman avec un vrai bébé.

Alejandro grimaça.

— Bon, eh bien, je suis content de ne jamais avoir eu de sœurs.

— Tu as raté quelque chose, alors, dit-elle avec un sourire. Et ta famille ? Javier n'en parle pas beaucoup, sauf pour dire que ses frères sont des emmerdeurs et que votre mère est une sainte.

Les yeux d'Alejandro se mirent à scintiller.

— Qui, nous ? Il a raison pour ma mère, c'est une sainte. Elle était obligée. On est cinq garçons, au total. On a failli la faire devenir folle, avec nos singeries.

— Et ton père ?

— Qui sait ? Il va d'un endroit à un autre, laissant dans son sillage des demi-frères et des demi-sœurs qu'on n'a jamais vus.

— Oh. Tes parents sont séparés ?

— Pas vraiment. Mon père n'est pas du genre fidèle et, bêtement, ma mère ferme les yeux. Il va s'amuser puis, quand il en a assez, il rentre, et elle l'accueille à bras ouverts.

Il baissa les yeux, mais elle eut le temps de deviner une lueur de colère et de souffrance dans son regard. Son Jag ne semblait pas vraiment d'accord avec la philosophie de son père. C'était déjà ça.

Elle serra les lèvres.

— Jamais je ne pourrais le tolérer.

— Pourtant, la situation de Naomi ne te pose aucun problème ? la taquina-t-il.

— C'est différent, ce sont des personnes qui choisissent de vivre une relation à plusieurs, et qui sont engagées les unes envers les autres. Ça n'a rien à voir avec le fait de coucher à droite à gauche en faisant du mal à ses proches.

Elle s'était exprimée de manière un peu plus véhémente qu'elle l'aurait souhaité, mais cela la gênait de le voir souffrir à cause de la façon dont son père traitait leur mère.

— Je suis entièrement d'accord avec toi.

Elle cilla.

— Vraiment ?

— On n'a pas le droit de faire du mal à ceux qu'on aime. Jamais. Le sexe, après tout, n'est qu'un plaisir éphémère.

— Et, pourtant, ça ne semble pas te faire peur, répliqua-t-elle sèchement.

— Uniquement parce qu'aucune de mes partenaires n'a tenté de voir l'homme que j'étais vraiment. Si je venais à rencontrer la bonne personne…

— Tu tomberais amoureux, comme Javier. J'espère que tu la trouveras, un jour, dit-elle doucement, même si, au fond d'elle, elle voulait, comme sa louve, lui hurler qu'elle était devant ses yeux.

— Je l'ai peut-être déjà rencontrée.

N'osant pas le regarder, craignant ce qu'elle pourrait voir, elle éprouva le besoin de changer de conversation.

— Eh bien, même si ton père va ailleurs, au moins, tu as toujours ta mère et tes frères. J'aurais adoré faire partie d'une grande famille. Même si mes grands-mères étaient géniales. Mais, avec le temps, elles ont commencé à vieillir, et elles ne savaient plus quoi faire de moi. Heureusement, Naomi et sa famille m'ont acceptée et considérée comme l'une des leurs.

Cela lui avait donné l'impression de compter pour quelqu'un.

— Et puis, tu as craqué pour Mitchell. C'est logique.

Elle fronça les sourcils.

— Je n'ai pas simplement craqué. C'est mon âme sœur. Demande à ma chienne de louve.

Il leva les mains en signe de reddition.

— Je te crois.

Elle sentit ses épaules s'affaisser.

— Pas lui. Qu'en penses-tu ? Il n'a eu aucun mal à partir. C'est peut-être lui qui a raison et moi qui me trompe. Après tout, comment je pourrais savoir à quoi ça ressemble, cette fièvre des âmes sœurs ?

— Tu le saurais.

— Tu l'as déjà ressentie ?

Étrangement, à cette éventualité, elle éprouva un profond sentiment de jalousie, et sa louve se hérissa.

— Peut-être. (Il esquissa un rictus.) En tout cas, j'ai suffisamment entendu mon frère en parler pour savoir en reconnaître les symptômes.

Elle grimaça, ce qui le fit ricaner.

— Ouais, depuis que Naomi a cédé à ses âmes sœurs, elle n'arrête pas d'en parler, la garce. Vu son attitude à propos de toute cette histoire de destinée, je n'aurais jamais cru qu'elle se serait casée avec ces deux-là. Et puis, boum, elle a ouvert les yeux. Après quelques orgasmes, elle s'est rendu compte qu'elle ne pourrait plus vivre sans eux.

— C'est drôle comme même les personnes les plus intelligentes peuvent refuser de voir l'évidence.

Il la regarda de nouveau avec son air déterminé mais perplexe. Il donnait l'impression que ses propres paroles lui étaient destinées, plutôt qu'à Francine.

— Je devrais peut-être abandonner, déclara-t-elle en poussant un soupir tout en remuant les glaçons dans son verre à l'aide de sa paille.

— Trouillarde. Je croyais que tu étais une battante.

— C'est le cas, mais…

— Mais rien du tout. La bataille n'est pas encore perdue, ma belle.

La bataille pour gagner quoi, de toute façon ? Mitchell ou Alejandro ? Pourquoi n'avait-elle pas la chance de Naomi et ne pouvait-elle pas avoir les deux ? Mince, elle se serait amusée comme une folle.

À cette idée, elle manqua d'elle aussi laisser tomber la tête sur la table. Comment avait-elle pu passer du fait de vouloir une chose impossible à deux ? *Je dois être complètement maso.*

Chapitre 6

Le fait d'avoir donné un coup de poing en plein dans le nez de Chris – son jeune frère agaçant –, en arrivant chez ses parents n'était certainement pas ce que Mitchell avait fait de mieux dans son existence. Mais ce petit con l'avait bien mérité :

— Tu ne l'as toujours pas marquée, crétin ? Je vais peut-être tenter ma chance, alors. Francine a le plus beau cul que j'aie jamais vu, lui avait-il dit avant de faire mine de la prendre par-derrière.

Mitchell l'avait plaqué au sol, puis l'avait roué de coups, leur rixe ayant attiré l'attention de leur mère, dans la cuisine. Elle avait poussé un sifflement strident qui les avait séparés plus vite que l'aurait fait Ethan. Personne n'osait la contrarier. Pas quand on tenait à la vie.

— Qu'est-ce que tu fais, Mitchell ? avait-elle demandé en se tenant à moins de deux mètres d'eux, les bras croisés, remplaçant les quelques centimètres qui lui manquaient par de la présence et du caractère

Sa voix avait été si calme qu'elle avait donné la chair de poule à Mitchell.

Il s'était tenu la tête, faisant mine d'être contrit.

— Chris a dit des saloperies sur Francine.

— Et alors ? Ce n'est pas pire que ce que je t'ai déjà entendu dire sur ces pouffes avec lesquelles tu sors.

Il avait poussé un grondement.

— C'est différent. Francine est…

— Ce n'est pas ta sœur. Même si c'était mignon quand vous étiez gamins de tous vouloir la protéger, c'est une femme à présent, et elle a le droit de sortir avec qui elle veut tant qu'elle n'est pas casée. Même avec Chris. Tu n'es pas avec elle, que je sache.

— Toi aussi, tu te ligues contre moi ? s'était-il indigné, lui montrant bien qu'il se sentait trahi par ses paroles.

Il avait espéré qu'elle prendrait sa défense.

— Oui. Tes bêtises ont suffisamment duré. Tu ne t'en es pas encore rendu compte ? Tu as envie d'elle. C'est pour ça que tu n'arrêtes pas de perdre ton sang-froid chaque fois qu'on fait allusion à elle.

— N'importe quoi, je n'ai pas envie d'elle, avait-il menti, alors même qu'il ne cessait de l'imaginer dans toutes les positions.

— Arrête tes conneries, Mitchell. Tu sais aussi bien que moi que c'est faux. Mais ça n'aura bientôt plus aucune importance. J'en parlais encore avec Naomi, et on dirait bien que tu n'es pas le seul à lui être destiné. Alejandro ne va certainement pas tarder à la marquer, dès qu'elle aura cessé de croire que tu es son unique âme sœur.

N'importe quoi ! avait-il eu envie de hurler, même s'il s'était contenté de déglutir en se remémorant les paroles de Francine au restaurant. *Elle a déjà renoncé à nous. Mais ce n'est pas grave, parce que contrairement à ce qu'ils croient tous, elle ne m'est pas destinée, et je le prouverai.* Ce soir-là, il sortirait avec Jenny, une louve comme lui qu'il aimait plutôt bien. Il l'emmènerait dîner, puis danser, avant d'aller lui faire l'amour chez elle. Francine retrouverait alors sa place, qui n'était pas dans son lit, comme il n'avait de cesse de l'imaginer.

Après ce déjeuner déroutant, et un baiser d'Alejandro qui lui avait fait voir des étoiles, Francine tenta de se remettre au travail, mais fut assaillie par des visions des deux hommes. Alejandro l'avait mise dans tous ses états. Ses baisers lui avaient donné des picotements dans le bas-ventre, surtout le plus sensuel, celui qu'il lui avait donné après le repas, en la raccompagnant. Quel tombeur !

Quant à Mitchell, il s'était enfin intéressé à elle, et, même s'il ne l'avait pas franchement fait rêver avec son attitude bornée, elle était obligée de reconnaître qu'elle lui avait fait un certain effet. *Surtout de l'agacement, mais c'est un début.*

Quand le téléphone sonna, elle se jeta dessus, ravie de cette distraction.

— Francine, qu'est-ce que tu fiches ? Ma mère m'a appelée pour me dire que Mitchell venait de péter les plombs, et que c'était ta faute.

Naomi ne semblait pas du tout troublée par l'état mental de son frère.

Francine esquissa un sourire satisfait.

— Parfait. Putain, il était temps qu'il me remarque.

— Tu veux dire que tu l'as fait exprès ? gloussa son amie. Super.

— Peut-être, peut-être pas. Tout ce plan pour le rendre jaloux, c'était l'idée d'Alejandro. Il pense que si on fait semblant d'être en couple et qu'on n'arrête pas de le lui montrer, il va enfin cesser de me considérer comme sa sœur.

— On dirait que ça fonctionne.

— Un peu trop bien, marmonna-t-elle.

— Quel est le problème ?

— Qu'est-ce que tu veux dire ? demanda Francine en jouant l'idiote.

— Pas de ça avec moi. Je sais très bien que tu ne me dis pas tout.

Le problème, avec les meilleurs amis ? Ils lisaient en vous comme dans un livre ouvert.

— Ça va te sembler dingue.

— Quoi donc ?

Pendant un moment, Francine chercha ses mots – qu'elle avait sur le bout de la langue mais qu'elle était incapable de prononcer. D'une certaine manière, en les disant à voix haute, ils prendraient un côté réel, ce qui l'obligerait à les accepter, et donc à réagir. Mais il ne lui semblait pas très courageux de faire abstraction de la situation, et elle s'enorgueillissait de ne jamais s'être conduite en poule mouillée.

— Je crois qu'Alejandro est lui aussi mon âme sœur. (Ses paroles furent accueillies par un long silence.) Naomi ? Tu es là ? Tu m'as entendue ?

— Merde. Oui, je t'ai entendue. En fait, c'est l'impression que j'ai eue. Mince. Tu te rends compte que ça va devenir encore plus difficile avec Mitchell ? Ce n'est pas le genre à partager…

— Sans déconner. Mais ce n'est pas le seul problème. Si je ne me trompe pas et qu'Alejandro est bien mon âme sœur, comment je vais pouvoir lui donner envie de se contenter d'une seule femme ? Lui-même avoue que c'est un tombeur. Pourquoi voudrait-il se caser avec moi ? Pourquoi voudraient-ils tous les deux se caser avec moi ?

Une fille petite et tout en rondeurs qui n'avait pas sa langue dans sa poche, c'était bien pour un soir, mais espérer pouvoir passer le restant de ses jours avec un homme… Cela lui semblait un défi insurmontable. Quant à deux hommes ? C'était une vaste blague.

— Écoute-moi, Francine. Tu es magnifique. Drôle. Intelligente. Et, d'après Mark, une bête de sexe.

L'intéressée se mit à glousser. Il était vrai qu'elle avait tendance à se montrer plutôt entreprenante, au lit. Mais ce comportement agressif ne plaisait pas à tous les hommes.

— Tu as raison, je suis parfaite. Mais tout de même…

— Tais-toi. Je n'écouterai pas un mot de plus. Javier était un chaud lapin à une époque. Puis il m'a rencontrée et en est venu tout naturellement à la monogamie. Alors, ne t'inquiète pas pour ça. Si c'est ton âme sœur, il changera.

— Mais tout de même : deux mecs ? Qu'est-ce que je vais bien pouvoir faire d'eux ?

— Tu veux vraiment que j'entre dans les détails de ma vie sexuelle ? Je croyais que tu ne voulais pas que je…

Francine s'empressa de l'interrompre.

— Non, ça ira. Garde les détails pour toi. Je veux pouvoir continuer à regarder Ethan et Javier en face.

D'ailleurs, elle avait posé la question pour la forme, ce genre de relations à trois se produisant manifestement assez souvent. Mais, même s'il y en avait déjà eu dans sa famille, elle n'aurait jamais cru que cela lui arriverait.

— D'accord. Pas de détails croustillants, espèce de trouillarde. Mais pour en revenir aux ménages à trois, ne t'en fais pas. Comme moi, on dirait que tu es destinée à avoir deux hommes dans ta vie. Ça ne m'étonne pas vraiment, quand on pense à quel point on est toutes les deux merveilleuses. Il est tout à fait naturel qu'il nous faille plus d'un homme pour être aux petits soins avec nous ! Et, au lit, c'est tellement plus chaud avec deux hommes qu'avec un seul.

— Tu es complètement baisée.

— Ouais, tous les soirs. Fois deux. Ne me dis pas que tu ne voudrais pas que ça t'arrive. Je te connais, espèce de grosse salope, alors arrête d'essayer de me faire pitié et va chercher tes hommes ! Commence par Alejandro. J'ai l'impression qu'il ne lui faudra pas longtemps pour accepter et, quand il aura eu un avant-goût de ce qui l'attend, boum, il sera à toi. À moins que tu aies oublié de me dire quelque chose à propos de ta dernière nuit ?

Est-ce que la masturbation, ça comptait ?

— Non, on ne s'est pas encore retrouvés à poil ensemble. Mais j'ai déjà vu son sexe.

— Est-ce que… Non, il vaut mieux que je ne te pose pas la question. Javier perdrait la tête. Pour un type qui avait l'habitude de coucher à gauche et à droite, il est devenu sacrément jaloux. Il n'y a qu'avec Ethan que ça va. Pour tout le reste, j'ai le droit au refrain du macho.

— Comme si tu ne le faisais pas exprès pour les rendre dingues !

— Bien sûr que si. Quel intérêt d'avoir deux hommes qui me vénèrent si, de temps à autre, je ne les rends pas verts de jalousie ? D'ailleurs, ça leur plaît, sans parler du sexe, ensuite… Disons juste que c'est un putain de pied.

— Génial. Rends-moi encore plus jalouse, salope. Donc, tu ne crois pas que c'est complètement dingue ? Tu penses qu'il faut que je fonce ? Mais si…

— N'y pense même pas. J'ai tenté de résister au destin. Ça n'a pas fonctionné, et si je n'ai pas pu, alors mon crétin de frère ne le pourra pas non plus. J'ai hâte de pouvoir me foutre de lui quand il cédera. Quant à Alejandro, je suis persuadée que tu risques d'être surprise.

— Qu'est-ce que tu en sais ?

— Il faut que je raccroche. Apparemment, mes mecs attendent que je leur fasse à manger. Même si ce serait plus facile d'acheter du poison et de l'avaler directement, brailla-t-elle en éloignant sa bouche du combiné. De toute façon, si je t'appelais, c'était pour que tu ailles au *Jungle*, ce soir, vers minuit.

— Mais je travaille, demain.

— Arrête de pleurnicher. Si tu veux choper mon frère, il va falloir que tu y mettes un peu du tien. Mitchell s'y trouvera avec cette pute de Jenny.

— Quoi ?

— Il essaie de faire comme s'il se moquait de tout ça en sortant avec la plus grosse salope qu'il connaît. Alors, attends-toi à être un peu fatiguée au boulot demain, et pointe-toi avec Alejandro pour lui montrer qu'il a tort.

— Pff, j'en ai plein le cul…

— Tu en auras plein le cul quand tu les auras tous les deux dans ton lit. Là, tu auras besoin de pas mal de vaseline.

Contente de sa pauvre blague, Naomi raccrocha en gloussant, laissant Francine médusée.

Qu'elle les prenne tous les deux en même temps ? Oserait-elle ne serait-ce qu'envisager une telle prouesse ? Mais Naomi avait raison sur un point. Elle était une battante, et n'était pas du genre à abandonner sans avoir tout tenté. D'autant plus s'il était question de donner de sa personne.

Une fois son travail terminé, elle quitta son bureau après avoir dit au revoir à ses supérieurs, qui levèrent tout juste les yeux de leurs BlackBerry, les bourreaux de travail. Elle ne fut guère étonnée de voir qu'Alejandro l'attendait déjà devant l'immeuble, prêt à la ramener chez elle. Se sentant gagnée par une vague de chaleur, elle esquissa un sourire, qu'il lui retourna.

— Salut, ma belle. Je t'ai manqué ? demanda-t-il en l'enlaçant.

— Énormément, répondit-elle en se rendant compte que c'était effectivement le cas.

— C'est ce que je voulais entendre, murmura-t-il en pressant son front contre le sien avant de l'embrasser sur les lèvres.

Oh, allait-elle un jour pouvoir s'habituer à ce genre de moments sensuels ?

— Qu'est-ce que c'est ? demanda-t-elle en désignant le casque rose sur le siège de la moto.

— Si tu dois devenir ma passagère régulière, il est logique que tu aies ton propre casque. Lis ce qu'il y a de marqué derrière.

Elle le souleva, le retourna et éclata de rire. En lettres rouges était inscrit : « Bombasse. »

— Génial, s'exclama-t-elle, touchée qu'il ait pensé à elle. Je te remercie.

Elle se pencha pour l'embrasser sur la joue, mais il se tourna au dernier moment pour lui offrir sa bouche, la sensation électrisante de ses lèvres lui arrachant un soupir de plaisir. Trop rapidement, il recula mais, en remarquant la lueur dans son regard, elle comprit qu'il avait ressenti la même chose qu'elle.

— Évitons de lambiner. Même si j'adorerais t'embrasser pendant des heures, le dîner t'attend.

Après avoir enfilé son casque, il enfourcha son engin, le redressa et replia la béquille.

Elle coiffa le sien, puis se hissa derrière lui et le serra dans ses bras. Elle aimait de plus en plus ces balades à l'arrière de sa moto, son équilibre précaire lui fournissant le prétexte idéal pour se pelotonner contre lui. En raison du vent et du vacarme de la circulation, il était impossible de tenir une véritable conversation, pourtant elle ne se sentait pas oubliée car, de temps à autre, il lâchait le guidon pour lui caresser la cuisse. Il allait sans dire que cela la rendait parfaitement consciente de sa présence.

Elle fut accueillie chez elle par un merveilleux fumet. Bouche bée, elle se tourna vers lui.

— Comme tu me l'as demandé, je suis allé faire des courses, cet après-midi. J'ai préparé des lasagnes, qui sont presque prêtes. Alors, va t'asseoir, ma petite louve d'affaires, et laisse-moi faire le service.

— J'ai toujours autant de mal à croire que tu sais cuisiner, reconnut-elle en souriant.

— Pourtant… Et ce n'est pas mon seul talent, lui assura-t-il avec un clin d'œil espiègle.

Elle se laissa tomber sur un genou.

— Épouse-moi !

Pour la seconde fois depuis qu'elle le connaissait, il ne savait plus quoi dire.

— Sale gamine ! (Il la releva et lui donna une tape sur les fesses en la poussant vers l'escalier.) Va enfiler quelque chose de confortable pendant que je m'occupe du reste.

Il lui fallut un moment pour faire un brin de toilette, remettre un peu de volume dans sa coiffure tout aplatie à cause du casque, se laver le visage et tenter d'apaiser ses ardeurs. En vain. En fait, cela ne fit qu'empirer quand elle le vit s'affairer dans la cuisine. Elle eut des frissons dans tout le corps. Rien qu'à voir ce mec accomplir des tâches banales, elle était toute tendue de désir, comme si elle venait de passer des heures en préliminaires.

— Ça a été, cet après-midi ? demanda-t-il en lui décochant un sourire étincelant avant de servir une montagne de lasagnes et de pain à l'ail.

— Ouais, un peu chiant. Même si j'ai eu Naomi au téléphone.

Et elle m'a dit, enfin, pas mot pour mot, qu'il fallait que je te saute dessus jusqu'à ce que tu admettes que tu m'appartiens. L'idée lui plaisait. Même si elle la garda pour elle.

— Hmm ? demanda-t-il la bouche pleine.

— Elle dit que Mitchell est en train de péter un plomb et qu'il faut qu'on aille danser ce soir.

Au fond, malgré leur plan, elle était gênée de lui parler de Mitchell. Le fait que Naomi lui ait suggéré de séduire Alejandro et qu'elle se soit rendu compte des sentiments qu'elle éprouvait à son égard lui donnait l'impression d'être malhonnête envers lui. *Comme si j'étais en train de le tromper.* Il ne sembla pas remarquer sa gêne. *Bien sûr que non, puisqu'il joue la comédie. Quant au fait qu'il me drague même quand Mitchell n'est pas dans les parages, je dirais que c'est naturel chez lui.*

— Génial. Tu seras ravie d'apprendre que je suis un fabuleux danseur.

— Pas moi, grommela-t-elle. Je ne suis qu'une grosse vache sans aucun sens du rythme.

— Premièrement, tu n'es pas une grosse vache. Tu as simplement des courbes délicieuses, déclara-t-il en lui lançant un regard incandescent. Ce qui me rend absolument fou de désir. Quand tu veux, je te prouve à quel point je te trouve magnifique. Ma langue est toujours prête pour une séance d'entraînement.

— Cochon ! marmonna-t-elle en s'efforçant de ne pas rougir.

Elle n'avait pas dit cela pour qu'il lui fasse des compliments mais, putain de merde, sa réponse avait fait plus que lui remonter le moral, puisqu'elle avait l'impression d'être au bord de l'orgasme.

— Je suis un fauve, ma petite louve, et je n'hésiterai pas à lécher chaque centimètre carré de ton corps. Maintenant que nous sommes d'accord sur le fait que tu es la fille la plus canon de cette ville, venons-en à notre soirée. Sur la piste de danse, laisse-moi faire. Je suis un danseur expérimenté, sans doute parce que ce n'est pas très éloigné du sexe. Il suffit de suivre le rythme de son partenaire et de remuer son corps au même tempo. Je suis sûr que tu t'en sortiras très bien.

— Qui a dit que j'étais douée pour le sexe ? demanda-t-elle avec un petit air suffisant.

Il lui fit un clin d'œil, et elle ne sut plus où se mettre.

— Moi, j'en suis persuadé.

— Oh, vraiment ? Et si je te disais que tu as tout faux ?

— C'est une invitation ?

Il se leva pour s'approcher d'elle.

Fallait-il qu'elle fuie la promesse de son regard, ou qu'elle reste pour en profiter ? Sans attendre qu'il arrive à sa hauteur, elle se leva et le saisit par la chemise pour l'attirer à elle.

— Tu es une petite peste pleine de fougue, murmura-t-il. Ça me plaît bien.

Penchant la tête et posant les mains sur sa taille, il l'aida à se hisser sur la pointe des pieds pour qu'elle puisse l'embrasser. Il lui caressa les lèvres avec les siennes, de manière sensuelle, par petites touches tendres, ce qui ne tarda pas à la faire haleter et se cramponner à l'étoffe de sa chemise, l'approchant encore plus près d'elle.

— Cesse de m'allumer, gronda-t-elle en lui mordillant la lèvre.

Quand il se mit à glousser, elle ressentit des picotements dans la bouche.

— Mais c'est ce que je fais de mieux, ma belle. Maintenant, même si je te trouve ravissante, il va falloir se préparer pour sortir.

Il recula.

Incrédule, elle le regarda fixement. Sérieusement ? Il l'allumait avec un baiser puis s'en allait ?

— Je vais me doucher, grommela-t-elle en s'éloignant. Dieu merci, j'ai un pommeau de douche massant amovible, lâcha-t-elle par-dessus son épaule.

Une demi-seconde. Ce fut tout ce qu'il lui fallut pour la plaquer contre un mur, son corps pressé contre le sien, le regard brillant.

— Il y a des limites à ce qu'un homme peut endurer, ma belle.

— Idem, répliqua-t-elle. Tant que tu m'allumeras, je t'allumerai.

— Est-ce là ta façon de me faire comprendre que tu en veux davantage ? Et Mitchell ?

Quoi, Mitchell ? Elle aimait Mitchell. Elle souhaitait vivre avec lui, mais elle voulait aussi Alejandro. Qu'il lui fasse ces choses diaboliques que ses sourires et ses regards lui laissaient entrevoir. Mais elle aurait été incapable de le lui demander à voix haute. Comment aurait-ce été possible ? Il l'aurait prise pour une grosse cinglée !

— Je…

Elle fut sauvée par la sonnerie d'un téléphone, près de l'entrejambe d'Alejandro. Il poussa un juron.

— Va te préparer avant qu'on oublie tous les deux ce qu'on est en train d'essayer de faire.

Elle s'éloigna d'un pas vif, le cœur battant, des douleurs dans le bas-ventre, convaincue qu'Alejandro lui appartenait plus que jamais. Il n'y avait qu'à poser la question à sa louve qui ne tenait plus en place dans son esprit. Enfin, lui aussi semblait la désirer, mais, dès qu'il aurait obtenu ce qu'il voulait, s'en irait-il ? Et si elle finissait par céder, perdrait-elle toutes ses chances avec Mitchell ? Le jeu auquel elle jouait lui semblait très risqué et, plus ça allait, plus elle prenait conscience que c'était elle qui avait le plus à perdre. *Et, au bout du compte, que me restera-t-il ?*

Alejandro voulut maudire son frère d'avoir interrompu ce moment avec Francine. Elle l'avait fui, visiblement troublée… et pleine de désir. Il avait voulu aller la rattraper, pour lui faire admettre qu'elle avait envie de lui. Qu'elle rêvait d'oublier son plan avec Mitchell pour pouvoir rester avec lui.

En l'espace de vingt-quatre heures, Alejandro, le séducteur, le roi des aventures sans lendemain, était tombé amoureux d'une petite louve aux courbes généreuses. Et, en dépit de tout ce qu'il pouvait se dire, il savait avec une certitude qu'il avait rarement éprouvée dans son existence qu'il ne pourrait pas se contenter d'un simple avant-goût.

Mais comment la convaincre que, même si Mitchell lui était destiné, il semblait que le sort ait décidé qu'elle aurait une deuxième âme sœur ?

Je pourrais la séduire, lui faire l'amour toute la nuit. Lui faire oublier d'aller en boîte. Mais ne lui en voudrait-elle pas au petit matin d'avoir réduit à néant ses chances avec l'imbécile qu'elle aimait depuis si longtemps ? Et, en la séduisant, n'éloignerait-il pas Mitchell à tout jamais ? Une perspective intéressante à ses yeux, mais il était probable qu'elle ne lui pardonne jamais cela.

C'était la première fois qu'il se sentait si indécis. Ce fut donc en poussant un soupir d'agacement qu'il décrocha son téléphone.

— Qu'est-ce qu'il y a ?

— Eh bien, bonjour aussi, frangin. Je tombe mal ?

— J'aurais bien aimé, grommela-t-il.

— Ah. Une femme serait-elle enfin parvenue à te faire tourner la tête ? Bienvenue au club. N'oublie pas que j'étais à ta place il y a moins d'un an, je sais donc ce que c'est. Mais je vais te dire un truc : Naomi en valait drôlement le coup. N'abandonne pas. Si tu as des sentiments pour elle, tout va finir par s'arranger.

Quel sujet de conversation surréaliste. Il n'aurait jamais cru avoir ce type de discussion avec son frère.

— C'est dingue, dit-il, le bruit de la douche, à l'étage, lui indiquant qu'il pouvait s'exprimer librement. Enfin quoi, je la connais à peine, et pourtant j'ai l'impression de la fréquenter depuis toujours. Je pense à elle toute la journée. Quant à mon fauve... Ce putain de chat est en train de devenir fou. Il veut à tout prix la marquer. Je redoute de me transformer, de peur qu'il se mette à pisser partout chez elle pour éloigner les autres avec son odeur.

Il entendit son frère pousser un ricanement.

— Ça me rappelle quelque chose. Ne t'inquiète pas, cette impression ne va pas complètement s'estomper, même quand tu l'auras faite tienne, mais tu la supporteras plus facilement quand tu ne seras plus obligé de la combattre.

— Ouais, eh bien, ça, c'est seulement si elle accepte de me laisser la marquer. Elle est encore convaincue que c'est Mitchell le seul et unique élu de son cœur. Bêtement, je lui ai proposé de se servir de moi comme d'un appât pour le rendre jaloux alors, elle croit que tout ce que je fais fait partie de notre plan pour récupérer ce chien galeux.

— Dis-lui ce que tu ressens pour elle.

— Pour la faire fuir ? Je refuse de courir ce risque. Et je ne peux pas plus interférer dans ses plans pour attirer l'attention de Mitchell, sinon elle va me haïr.

Des éclats de rire résonnèrent dans l'écouteur.

—Ah, mon pauvre petit frangin. J'aurais parié que tu étais destiné à faire partie d'un ménage à trois, comme Ethan et moi. Ça ne te fait rien de devoir partager ?

—Je n'y ai jamais vraiment réfléchi, répondit-il franchement. Mais je ne me suis jamais dit non plus que je tomberai sur mon âme sœur un jour. L'idée de devoir la partager avec un autre…

… Aurait dû le dégoûter, le faire fuir, tout sauf exciter sa curiosité et le pousser à se demander ce qu'il ressentirait en la voyant dans les bras d'un autre. Ni, de manière encore plus décadente, en se joignant à eux.

Il avait été témoin du bonheur qu'Ethan et son frère partageaient avec Naomi, de leurs cris de plaisir, puisqu'ils passaient toutes leurs nuits ensemble, tous les trois. Allait-il savoir comment s'y prendre ? *Pour donner du plaisir à Francine ? J'y compte bien, merde !*

—Ne te laisse pas déborder par la question de l'autre gars. Continue à te focaliser sur elle, et tu verras que ça en vaut la peine. Mais si je t'ai appelé, ce n'est pas pour te raconter ma vie sexuelle. Un type surveille le quartier, et j'ai peur que ce soit à cause de toi.

—Oh, trop drôle. Tu n'as qu'à me reprocher tout ce que tu veux, même quand je ne suis pas là.

—À qui d'autre pourrais-je m'en prendre alors que son pick-up, qu'on a retrouvé planqué dans les bois, a sur ses plaques un autocollant du concessionnaire de notre ville ?

Il poussa un juron.

—À quoi il ressemble, ce type ?

Au fur et à mesure que Javier lui décrivait l'individu, Alejandro serrait de plus en plus son téléphone dans sa main, au point d'en entendre le plastique se mettre à craquer.

— Putain, il m'a suivi !

— Qui ?

— Ce putain de chasseur. J'ai couché avec sa fille, un soir, alors que j'étais bourré. J'imagine qu'il a dû me voir me transformer et m'enfuir dans les bois après mon départ.

— Putain d'idiot !

— Ce n'était pas ma faute. En sortant de sa chambre, je croyais être seul. L'enfoiré s'était planqué, recouvert de pisse d'animal pour dissimuler son odeur. Il m'a tiré dessus au jugé, mais j'ai réussi à m'enfuir. Le lendemain, j'ai entendu dire qu'il était en train de mener son enquête en ville, et qu'il essayait de découvrir qui j'étais. Plutôt que de le conduire chez maman et les autres, j'ai préféré prendre un peu de vacances et aller rendre visite à la famille.

— Et le conduire jusqu'à nous.

— Je suis désolé. Je ne pensais pas qu'il retrouverait ma trace.

Une réponse un peu légère à un problème possiblement délicat.

Javier poussa un soupir.

— Bon, ne t'inquiète pas. Ce sont des choses qui arrivent. J'en informerai le voisinage, et on se tiendra sur nos gardes. Tu ferais peut-être bien de ne pas trop venir par ici, en revanche. Je ne veux pas que Naomi puisse courir le moindre danger.

À la simple idée qu'elle ou les bébés qu'elle portait puissent en souffrir, il eut envie de vomir.

— Je devrais peut-être aller à l'hôtel, histoire que Francine n'ait rien à craindre non plus.

— Tu veux courir le risque de la laisser seule, même s'il t'a déjà retrouvé ?

Putain de merde. Il ne pouvait pas la laisser sans protection.

— Tu as raison. Merci de m'avoir averti. Je vais rester vigilant.

Ils se dirent au revoir et raccrochèrent. Le regard rivé sur le plafond, le bruit d'eau ayant cessé à l'étage, il ne put s'empêcher de serrer les poings de rage. *Si cet enfoiré ose toucher à un seul de ses cheveux…* Il le tuerait. Purement et simplement.

Chapitre 7

Jenny pendue à son bras, bavardant sans interruption, Mitchell se retint de pousser un soupir d'agacement. C'était la première fois qu'il remarquait certains détails à propos d'elle, comme sa silhouette trop maigre. Il n'avait pas vu qu'elle avait l'habitude de trop se maquiller… Rien à voir avec une certaine fille aux taches de rousseur et au teint naturel. Il n'avait jamais fait attention à ses sujets de conversation débiles alors qu'il se souvenait avoir bien ri avec une autre.

Même avec une jeune femme qui lui garantissait de passer un bon moment, il ne pouvait s'empêcher de penser à Francine. Pire, il ne cessait de la comparer à Jenny, et cette dernière, la pauvre, ne lui arrivait pas à la cheville, dans quelque catégorie que ce soit.

Il avait déjà commencé à chercher un moyen de se débarrasser de sa cavalière quand il les vit. Magnifiquement belle – et, bon sang, elle n'avait rien d'une sœur –, Francine était vêtue d'une petite jupe rouge vif et d'un haut moulant qui révélait un décolleté suffisamment plongeant pour donner envie d'y mettre la main. Oh, et elle était accompagnée d'un certain félin qui la tenait par la taille, revendiquant clairement qu'elle lui appartenait.

Elle posa sur lui son regard brillant légèrement mis en valeur par de l'eye-liner. Il remarqua parfaitement son petit sourire quand elle aperçut Jenny, qui avait choisi ce moment pour se pendre à son cou. Avant qu'il ait pu s'en défaire, Francine tira sur le bras d'Alejandro pour le guider vers le bar, mais celui-ci lui fit changer de direction et la poussa vers la piste de danse.

Mitchell se demanda brièvement ce qu'elle faisait là, cette boîte ne faisant pas partie de ses adresses de prédilection. Sa sœur et son amie préféraient habituellement les bars à cocktails. Mais cela n'avait aucune importance. Maintenant qu'elle était là, vraiment exquise, il lui était impossible de penser à autre chose. Il se sentit gagné par une envie irrépressible. Il fallait qu'il la voie, qu'il la touche. *Que tu la marques*, lui souffla son loup. Toutefois, il ne bougea pas d'un pouce et la perdit de vue au milieu de la foule assez dense. Il crut que son animal allait devenir fou tant il insistait pour qu'il se lance à sa recherche. Cela ne lui ferait sans doute pas de mal d'aller jeter un coup d'œil, histoire de vérifier qu'il ne lui arrive rien de fâcheux dans les griffes de ce Casanova.

—Allons danser.

Il entraîna Jenny, tendant le cou pour tenter de repérer une certaine rouquine et, quand il la localisa, son loup et lui poussèrent un léger grondement. Immobile sur la piste, il observa Francine danser avec Alejandro. La jeune femme faisant onduler sa silhouette en forme de sablier au rythme rapide de la musique, le félin la guidant avec ses mains sur sa taille. Il aurait pu s'agir d'une vision hypnotique s'il n'y avait eu l'autre mâle. Il s'imagina à sa place.

Jenny, un bras passé autour de sa taille et son corps osseux pressé contre son dos, lui hurla dans l'oreille :

— Je croyais qu'on allait danser !

Pivotant sur lui-même, il tenta de dissimuler son agacement. Pauvre Jenny. Elle n'avait rien fait pour mériter sa colère. En tapant du pied, il se mit à remuer de façon saccadée au rythme de la musique, tentant d'éviter tout mouvement de recul tandis que sa cavalière se frottait contre lui. Il eut encore plus de mal à se retenir de jeter un coup d'œil à Francine pour voir ce qu'elle faisait. Au bout d'un moment, il céda. Faisant virevolter Jenny, il changea de place avec elle juste à temps pour voir la jeune femme qu'il ne pouvait plus considérer comme sa sœur se mettre à danser de manière sexy avec le chat de gouttière. Dos à Alejandro, elle faisait onduler ses fesses pendant que celui-ci laissait vagabonder ses mains sur son ventre, les faisant remonter jusque sous ses seins, avant de les faire de nouveau glisser sur ses hanches.

Mitchell eut spontanément une érection ; leur danse était si hypnotisante et sensuelle qu'il eut envie d'aller les rejoindre, de se plaquer contre elle, de sentir ses mains contre son dos pendant qu'il lui dévorerait la bouche.

— Mitchell ! retentit une voix stridente dans un éclat de rire. Je suis vraiment flattée.

Ce ne fut qu'en sentant la main sur son entrejambe qu'il comprit ce que Jenny voulait dire. Il eut un mouvement de recul, à la fois révulsé et envahi par une sensation de culpabilité. Non parce qu'elle venait de le surprendre en train de convoiter une autre femme, mais parce qu'il ne voulait pas que Francine la voie le tripoter.

Son dégoût ne passa pas inaperçu. Jenny prit un air confus, et il la vit ouvrir la bouche pour parler. Ne trouvant rien à dire pour l'interrompre, il choisit la solution de facilité : il tourna les talons et se dirigea droit vers le bar.

Malheureusement, elle le suivit. Il n'allait pas être si facile de se débarrasser d'elle.

— C'est quoi, ton problème ? voulut-elle savoir en plantant ses ongles dans son bras pour l'obliger à s'arrêter.

— Ce n'était pas une bonne idée.

Une très mauvaise idée, en réalité, parce que son désir pour Francine le consumait comme une fièvre, et cette pauvre imitation de Jenny ne pourrait rien y changer.

— Qu'est-ce qui n'était pas une bonne idée ? D'aller danser ? On peut partir quand tu veux. Ma colocataire n'est pas là de la nuit. On aura l'appartement rien que pour nous, lui garantit-elle d'un ton aguicheur en se pressant à son côté.

Merde, comme il aurait aimé pouvoir accepter son offre. Lui faire l'amour jusqu'à ce qu'il ait de nouveau les idées en place. Mais à la pensée de coucher avec Jenny plutôt qu'avec Francine, il sentit sa queue se recroqueviller plus efficacement que s'il s'était lancé dans une traversée de l'Arctique à la nage.

Merde. Comment allait-il pouvoir se sortir de ce pétrin ? La franchise lui sembla la meilleure solution. N'était-ce pas ce que réclamaient toujours les femmes ?

— L'erreur, c'est qu'on soit sortis ensemble, tous les deux. Je suis désolé, Jenny, tu es une gentille fille et tout, mais je crois qu'on ferait mieux d'en rester là.

Elle en resta bouche bée, et son regard se mit à étinceler de douleur.

— Mais je croyais que tu voulais être avec moi. Ce n'est pas pour ça que tu m'as appelée ? Enfin, tout le monde sait qu'on finira ensemble, toi et moi. Il faut juste que tu fasses les quatre cents coups avant de te caser définitivement.

Se sentant ridicule, mais éprouvant le besoin de s'assurer qu'elle le comprenait bien, il prit une profonde inspiration avant de se lancer :

— Écoute, Jenny. Je t'ai appelée parce que j'avais envie de m'envoyer en l'air. Ce n'était pas bien de ma part, je le reconnais. Mais je me rends compte maintenant que je ne peux pas te faire ça. Ce serait injuste.

— Comment ça pourrait être injuste si j'en ai envie ? Tu n'es pas obligé de me demander en mariage ce soir. Contentons-nous d'aller chez moi, et je te montrerai que tu as bien fait de m'appeler.

Elle se cramponna à lui et il tenta de la repousser, se retenant de grimacer de dégoût.

— Non, je ne peux pas. J'essayais de me servir de toi pour oublier quelqu'un d'autre, mais ça ne va pas fonctionner.

Ça ne va pas aller, nous deux. Je suis désolé. Je vais te raccompagner chez toi.

— Qui est-ce ?

— Personne. *(La femme la plus sexy du monde.)* Je suis désolé, Jenny. Viens, je te ramène.

Le visage de la jeune femme se tordit de colère.

— Va te faire foutre, Mitchell. Je n'en ai rien à faire de tes services, putain. Je vais rentrer, et ce ne sera pas toute seule, s'écria-t-elle en le repoussant avant de s'éloigner.

Il se tourna vers le bar en soupirant et commanda une bière. En dépit du caractère désagréable de la situation, il se sentit soulagé, puis éprouva une certaine nervosité. Il avait un besoin irrépressible de surveiller Francine. Sa bouteille à la main, il se dirigea d'un pas nonchalant vers le bord de la piste de danse, même s'il trouvait ça des plus stupide. Mais il était incapable de s'en empêcher. Savourant sa bière, il fut comme cloué sur place en apercevant Francine en train de danser dans les bras de son amant. *Ou devrais-je dire son « âme sœur », comme elle l'a sous-entendu ?* Cette simple idée émoustilla son loup, qui ne tenait plus en place dans son esprit. Il laissa échapper un grondement de mécontentement qui s'amplifia à chacune de ses gorgées de bière, tandis qu'il voyait la jeune femme qu'il convoitait s'amuser dans les bras d'un autre.

Quand Alejandro s'éloigna enfin d'elle pour aller aux toilettes, Mitchell se fraya un chemin jusqu'à l'autre bout de la piste de danse, où Francine sirotait une boisson fluorescente.

— Vous sortez ensemble ? demanda-t-il de manière aussi abrupte que concise.

Posant son joli regard noisette sur lui, elle retroussa les lèvres, et il fut fasciné par leur caractère charnu.

— Ça te serait égal, si c'était le cas ? Ou est-ce que tu continuerais à me bassiner avec tes conneries, comme quoi je suis comme une sœur pour toi et tout ça ?

— J'essaie simplement de faire attention à toi. Je tiens à toi, Francine.

Et je meurs d'envie de t'embrasser, bordel.

— Mais tu ne m'aimes pas, déclara-t-elle sans détour.

Il ne sut quoi lui répondre. L'aimait-il ? Oui. Comme un amant ? Il avait envie d'elle, avec une insistance qui le surprenait. Mais cela aurait été mentir que de prétendre qu'il l'aimait, alors qu'il la considérait encore comme une amie. Si sexy soit-elle.

— Non, mais…

— Tu aimes Jenny ?

— Non. Bien sûr que non.

Elle poussa un profond soupir.

— Qu'est-ce que tu attends de moi, Mitchell ? T'as envie de baiser ? C'est ça ?

— Oui. Non.

Il se gratta la tête, agacé mais encore incertain de ce qu'il voulait. En fait, si, il savait ce qu'il voulait : la déshabiller, la lécher dans ses moindres recoins, puis lui faire l'amour jusqu'à ce qu'elle ne puisse plus se retenir de hurler. Mais, en même temps, cela l'obligerait à ouvrir une sorte de boîte de Pandore, et il ne pensait pas y être prêt.

— Je veux que tout redevienne comme avant, quand ce n'était pas si compliqué.

— Tu veux dire avant que je te force à faire attention à moi ? À comprendre que je suis une femme qui a des besoins ? Une femme à la recherche de celui qui la marquera ou, du moins, qui saura l'enflammer.

— D'un côté, j'en meurs d'envie, chuchota-t-il en tendant la main pour repousser une mèche de cheveux de son visage mais, d'un autre, je sais que c'est mal.

— Je ne vais pas t'attendre une éternité.

— Tu ne peux pas attendre juste le temps que je remette de l'ordre dans mon esprit ? Je ne veux pas qu'on se précipite et qu'on finisse tous les deux par le regretter.

Il décela une lueur de déception dans son regard et, avant qu'elle ait pu lui répondre, le fauve réapparut, lui passant un bras autour de la taille dès qu'il se trouva derrière elle. Mitchell éprouva une violente poussée de jalousie en remarquant avec quelle désinvolture elle accepta l'étreinte d'Alejandro et de quelle manière elle s'appuya contre lui, semblant trouver refuge dans ses bras. *C'est moi qui devrais être à sa place !*

— On était en train de discuter, gronda-t-il.

Le félin lui lança un regard glacial.

— Non, tu étais encore en train de te chercher des excuses. Une fois de plus. Et je commence à en avoir assez. Contrairement à toi, certains d'entre nous n'ont pas peur d'avouer leurs sentiments. D'agir.

Effrontément, il se mit à caresser l'un des seins de Francine. Qui retint son souffle, mais ne fit rien pour l'en empêcher. Mitchell eut alors l'envie irrésistible de lui caresser l'autre sein. Il fut presque obligé de se saisir la main pour se retenir de passer à l'acte.

Il recula d'un pas, dans l'espoir qu'un peu de distance lui permettrait de recouvrer ses esprits. Les paroles du félin avaient fait mouche.

— Vous êtes ensemble ?

— Pas encore, mais ça ne saurait tarder, répondit Alejandro avec calme et assurance.

Mais Mitchell remarqua l'éclair de surprise dans le regard de la jeune femme.

— Ne fais pas ça, Francine, lui recommanda-t-il, sa jalousie ayant pris le dessus. C'est un homme à femmes. Il va te sauter, puis il va te larguer pour la première venue. Il va te faire…

Plus vite que le loup l'aurait cru possible, après avoir poussé Francine derrière lui, Alejandro lui décocha un coup de poing si violent qu'il le fit tituber, des bourdonnements dans les oreilles. Avec un rugissement de rage, puisant dans son émoi – et dans son mal de couilles –, il riposta. À coups de poing, il s'en prit à l'enfoiré qui espérait pouvoir s'approprier Francine. Qui pensait pouvoir toucher à la peau soyeuse dont il rêvait. Qui embrassait les lèvres qu'elle devrait presser contre les siennes. Qui osait tenter de lui souffler son âme sœur.

Il n'entendait presque pas les cris et les acclamations des spectateurs, pendant qu'il se battait avec acharnement contre Alejandro, le bruit gratifiant de ses poings lui donnant un sourire carnassier. Sourire qu'il perdit dès qu'il reçut un crochet du droit qui lui délogea quelques dents.

Ils ne purent se battre que quelques minutes avant que les videurs, des métamorphes sous stéroïdes presque aussi imposants qu'Ethan, les séparent et les jettent dehors. Étendu sur le trottoir, Mitchell leva la tête, son animal prêt à prendre les commandes. Découvrant les crocs, il poussa un grognement. Le fauve, à quatre pattes, rejeta la tête en arrière et lui répondit avec un rugissement, le regard plus animal qu'humain. Se regardant dans les yeux, ils furent interrompus par une paire de mollets galbés. Dressant la tête, Mitchell déglutit en jetant un coup d'œil sous la minijupe de Francine. Il ne put s'empêcher de regarder fixement le morceau d'étoffe détrempé qui dissimulait son sexe, dont le parfum lui titillait agréablement les narines.

— Vous avez terminé ? demanda-t-elle en tapant du pied. Et cesse de mater sous ma jupe, Mitchell. Je ne suis pas contente de vous. Je ne suis pas un foutu jouet dont vous pouvez vous servir dans votre concours de virilité.

— Je te présente mes excuses, Francine.

La réponse contrite du félin avait été immédiate. Mitchell se mit à ricaner.

— Espèce de mauviette.

— Ça suffit ! s'écria-t-elle. Tu n'as pas entendu ce que je viens de dire, Mitchell ? Pour un type incapable de prononcer les mots « j'ai envie de toi », tu me parais bien possessif.

— Très bien. J'ai envie de toi, lâcha-t-il en lançant un regard triomphant au fauve.

— N'importe quoi. Tu dis ça uniquement parce qu'Alejandro a eu les couilles de me l'annoncer avant toi. Et s'il partait, maintenant ? Tu serais capable de le répéter ?

Serait-ce le cas ? Si le fauve devait disparaître sous peu, et s'il n'avait plus à se soucier de voir Francine dans les bras d'un autre, pourrait-il retrouver son existence d'avant ? Sans toute cette agitation ?

— Trop tard. Mauvaise réponse.

— Mais je n'ai rien dit, protesta-t-il.

— Précisément. J'en ai assez. Alejandro, raccompagne-moi.

Elle se retourna et se dirigea vers le parking, tandis que le fauve adressait à Mitchell un sourire de jubilation avant de se relever et d'emboîter le pas de son âme sœur. Commençant à voir rouge, Mitchell se redressa d'un bond, prêt à se jeter une nouvelle fois sur l'enfoiré quand Jenny, folle de rage, se présenta devant lui.

— C'est pour elle que tu m'as plaquée ? demanda-t-elle d'une voix stridente. Pour cette petite grosse ? Tu te fous de ma gueule ! Je suis cent fois mieux que cette connasse ! Cette…

Mitchell fit la sourde oreille, observant Alejandro ouvrir la portière de la voiture de Francine pour l'aider à y prendre place avant de se glisser derrière le volant. Il fit comme si elle n'existait pas jusqu'à ce que le véhicule ait disparu à l'angle d'une rue, puis se ressaisit et commença à entendre les invectives qu'elle ne cessait de déblatérer à l'intention de la rouquine.

— Ferme-la, salope d'anorexique, lâcha-t-il d'un ton brusque.

Jenny recula, les traits toujours aussi déformés par la rage.

— Non, je ne me tairai pas. Depuis quand tu as des vues sur cette grosse vache ?

— Je n'ai pas de vues sur elle, répondit-il du tac au tac.

— Oh, je t'en prie. Tous ceux qui étaient dans la boîte ont pu voir comme tu la matais. Tu la regardais comme si tu voulais la bouffer. (Elle pouffa.) Mais le plus drôle, c'est qu'on dirait bien qu'elle ne veut pas de toi.

— Putain, tu ne sais pas de quoi tu parles. C'est compliqué. Et ce ne sont pas tes oignons.

Elle lui cracha dessus.

— Va te faire foutre, Mitchell. Je trouverai mieux que toi.

Elle s'éloigna, le laissant enfin seul, et il se rendit alors compte de ce qu'il aurait dû répondre à Francine. « Oui, j'ai envie de toi. » Pire, il aurait probablement dû le lui avouer, et se l'avouer à lui-même, des années auparavant. Mais il avait trop attendu et, à présent, celle qui le mettait dans tous ses états était partie avec un autre. *Et j'ai laissé filer ma chance.*

— Ça va ? demanda doucement Alejandro, la tirant de sa rêverie alors qu'elle regardait dans le vide par la vitre de sa portière.

—Non. Je me demande si je n'aurais pas dû réagir différemment avec lui. Mais il m'a tellement énervée quand, au lieu de reconnaître qu'il avait des sentiments pour moi, il a prétendu que tout son cirque, c'était uniquement pour me protéger !

—Il n'est pas facile d'avouer qu'on tient à quelqu'un.

Elle partit d'un rire amer.

—J'avais cru remarquer. J'ai l'impression qu'il vaudrait mieux mettre fin à notre plan pour le rendre jaloux. Ça a trop bien fonctionné. Le seul problème, c'est que même lorsqu'il est jaloux, il refuse de réagir. D'ailleurs, il ne veut rien avoir à faire avec moi.

—Mitchell est un crétin. Oublie-le. Transformons notre numéro en quelque chose de réel.

Stupéfaite, elle se tourna vers lui.

—Qu'est-ce que tu essaies de me dire ? Tu veux qu'on continue à faire semblant d'être un couple ?

—On ne faisait pas tous les deux semblants, lui fit-il remarquer d'un ton railleur.

—Je ne comprends pas.

Immobilisé à un feu rouge, Alejandro se frappa la tête contre le volant.

—Merde, pour une femme intelligente, tu mets parfois du temps à comprendre. Je suis en train de te dire que je ne faisais pas semblant, ma belle. J'éprouve quelque chose pour toi. Quelque chose de fort.

—Je t'excite. J'avais déjà compris. Si tu veux qu'on couche ensemble, dis-le. Ça m'enlèvera un peu de stress.

Il poussa un gémissement.

— Tu peux dire que Mitchell est bouché. J'ai envie de toi à mes côtés. Pas seulement de ton corps, de tout, bordel.

Surprise, elle le regarda bouche bée.

— Vraiment ?

— Pourquoi sembles-tu si étonnée ? Tu croyais vraiment que tout ça, c'était uniquement un jeu ? Mitchell n'était pas là tout le temps. Et on ne peut pas dire que je me sois montré très subtil.

— Je croyais que tu étais comme ça avec toutes les filles. Tu sais, draguer, c'est comme une seconde nature, pour toi.

— Je suis un dragueur, je le reconnais. Mais jamais je n'ai fait à manger pour quelqu'un. Que ce soit un dîner ou un petit déjeuner. D'habitude, je souris, on fait l'amour et je m'en vais.

— Oh, voilà qui est intéressant. Donc, dès qu'on aura fait l'amour, répéta-t-elle, tu vas partir.

— Non. Je n'irai nulle part, ma belle. Ce n'est pas pareil, avec toi.

— Et qu'est-ce qui me ferait croire ça ?

— Parce que tout est différent, avec toi. (Après s'être garé dans l'allée de Francine, il se tourna vers elle et lui prit les mains.) Ça a peut-être débuté comme un subterfuge, mais plus on passe de temps ensemble, plus j'ai envie de rester avec toi. Et pas uniquement à poil. Je veux te préparer des petits plats et entendre ce bruit délicieux que tu fais quand tu manges quelque chose qui te plaît. Je veux que tu me taquines sans la moindre pitié et que tu fasses des allusions salaces. Me réveiller à tes côtés, aller te chercher au boulot, danser joue contre joue, courir à travers bois… voilà toutes les choses que je veux partager avec toi, et uniquement toi.

Elle ne parvint qu'à cligner des yeux. Mince, elle n'arrivait même plus à respirer. C'étaient les mots qu'elle attendait depuis si longtemps. Cela lui fut complètement égal que ce ne soit pas Mitchell qui les lui dise. Alejandro la rendait folle, et pas uniquement de désir. Le plus amusant, c'était qu'elle souhaitait tout savoir de lui. Mais pouvait-elle se fier entièrement à lui ? Malgré ce que Naomi et lui-même lui avaient dit, pouvait-elle croire qu'il trouverait satisfaction auprès d'elle seule ? Pouvait-elle se permettre de ne pas tenter le coup ?

— Ça fait beaucoup de choses. Ça nous laissera le temps de faire l'amour ? Parce que j'aime bien ça. Oh, et sucer des queues. Et…

Il lui plaqua la main sur la bouche.

— Ça suffit, petite diablesse. On dirait que tu veux me faire exploser les couilles.

Comme elle marmonnait quelque chose contre sa main, il la retira.

— Qu'est-ce que tu dis ?

— Non, mais j'aimerais bien faire exploser ta queue. (Son gémissement étouffé la fit glousser.) D'accord, je reconnais, moi aussi, j'ai envie d'être avec toi. Et pas seulement pour faire l'hélicoptère sur ta queue. Tu m'intrigues. Mais je dois admettre que ça me fait un peu peur de te laisser t'approcher de moi.

Elle avait décidé de jouer franc jeu avec lui.

— Tu as peur de perdre Mitchell.

— Non, j'ai peur de te perdre, toi. Ma plus grande crainte, c'est qu'au bout de quelques jours tu finisses par te lasser de moi et que tu passes à autre chose. Je ne sais pas si je le supporterai, Alejandro.

Mince, elle n'était pas parvenue à faire rester ses propres parents, alors qu'ils étaient censés l'aimer. Comment allait-elle pouvoir convaincre un homme comme Alejandro de passer sa vie avec elle ?

— Si je te fais une promesse, je la tiendrai. Si je te dis que c'est pour toujours, ce sera pour toujours.

Comme j'aimerais pouvoir te croire. Elle lui caressa la joue.

— Ne pourrait-on pas juste commencer par « ce soir » ?

— Tu ne veux donc pas que je te marque ?

Il sembla s'en attrister.

— Pas tout de suite. Ça fait, quoi, à peine trente-six heures qu'on se connaît ? C'est plutôt rapide pour prendre une décision qui nous engagera toute la vie.

— C'est ce qui s'est passé avec Ethan et mon frère.

— Et, pourtant, il leur a tout de même fallu une bonne semaine pour convaincre Naomi. Je n'en mérite pas autant ? Je te promets que je ne tenterai pas de t'émasculer comme elle a essayé de le faire avec Javier.

— Ah, mais j'aimerais quand même bien que tu me maltraites un peu, déclara-t-il avec un regard lubrique et un gloussement.

— Cochon.

Elle le dit comme s'il s'agissait d'un mot doux, et il finit par se pencher vers elle pour l'embrasser. Cela débuta comme un baiser tendre et sensuel, mais cela ne sembla pas suffisant aux yeux Francine. Il lui en fallait davantage.

Elle enroula ses bras autour de son cou et le serra contre elle, plaquant sa bouche contre la sienne, lui aspirant la lèvre inférieure avant de la mordiller, pas suffisamment fort pour le faire saigner, mais avec assez d'intensité pour que cela les excite tous les deux.

Après avoir fait retentir le klaxon de la voiture par inadvertance, ils se séparèrent, lui en poussant un juron, elle en ricanant.

— Tu me permets de trouver un endroit plus confortable ? demanda-t-il.

— Tu crois qu'on pourra attendre de trouver un lit ? le mit-elle au défi en bondissant de la voiture.

En un éclair, il contourna le véhicule et la souleva dans ses bras.

— Un lit ? Où est passé ton sens de l'aventure ? la railla-t-il en jonglant entre elle et les clés lorsqu'ils arrivèrent près de la porte d'entrée.

Elle jeta son dévolu sur son cou, suçotant sa peau hâlée, appréciant son petit goût salé et son parfum voluptueux. Le félin, d'ordinaire gracieux, en fut désarçonné au point qu'il eut du mal à trouver le trou de la serrure. Il poussa un grondement, manifestement très impatient, et passablement excité.

Gloussant contre son cou, elle lui caressa le torse pendant qu'il cherchait à introduire la clé à tâtons et à ouvrir la porte.

Tentant de refermer cette dernière d'un coup de pied, il ne parvint pas à la faire claquer complètement, mais Francine s'en moqua, car il la fit glisser le long de son corps musclé. Elle laissa les bras autour de son cou, se hissant sur la pointe des pieds pour l'embrasser. Plié en deux, il lui offrit sa bouche, la passion de leur étreinte coupant le souffle de la jeune femme.

— J'ai envie de toi, Jag, gémit-elle. Vite.

— Petite impatiente, murmura-t-il pendant qu'il lui remontait son haut et glissait ses mains sur son dos.

Lui rendant la pareille, elle tira sur sa chemise mais, serrés l'un contre l'autre, ils eurent du mal à s'en sortir. Ils s'écartèrent juste assez longtemps pour se dévêtir mutuellement, elle se retrouvant en soutien-gorge, et lui torse nu.

Bonté divine. Il semblait succulent. Avec un certain émerveillement, elle fit courir ses doigts sur son torse aussi ferme que hâlé, adorant la façon dont il retenait son souffle quand elle lui passait les mains sur les abdominaux, suivant le V dont la pointe était dissimulée sous son jean.

Elle lui déboutonna le pantalon et le fit glisser sur ses hanches en s'accroupissant. Les yeux à hauteur de sa queue, elle s'humecta les lèvres avec impatience, éprouvant certaines difficultés à le déshabiller.

— Qu'est-ce que tu fais ? gronda-t-il.

— Je vais sucer ta grosse queue, comme j'en meurs d'envie depuis que je t'ai vu te caresser, la nuit dernière.

— Oh, merde, tu vas m'achever ! geignit-il quand elle libéra son engin.

La peau soyeuse de son sexe lui brûla presque la paume quand elle le prit dans sa main. En levant les yeux, elle le vit qui l'observait, son regard noir brillant de désir. Soutenant son regard, elle tira la langue et la posa sur son gland avant de l'enrouler autour de sa hampe. Les veines du cou saillantes, il eut du mal à déglutir lorsqu'elle le lécha avant de le prendre brusquement à pleine bouche.

— Oh, merde, ma belle. Putain, ce que c'est bon, grogna-t-il en enfonçant les doigts dans sa chevelure – ce qui l'excita encore plus.

Sentant son sexe se durcir dans sa bouche au rythme de ses va-et-vient, elle se mit à respirer bruyamment, impatiente de le voir perdre pied.

— Putain. Putain. Putain, haleta-t-il comme un mantra, crispé en retardant le moment où il lui donnerait ce qu'elle attendait.

Elle poussa une plainte de déception quand il se retira. Il l'aida à se relever et lui dévora les lèvres avec un baiser à couper le souffle. Quand il la plaqua contre le mur, elle le laissa faire, acceptant sa brutalité, alors qu'il perdait toute maîtrise de lui-même. Il glissa la main jusqu'à la fermeture de sa jupe et l'arracha en poussant un juron, faisant glisser le morceau d'étoffe sur ses hanches. Celui-ci tomba le long de ses jambes, et elle s'en débarrassa sans interrompre leur baiser. Il saisit ses fesses presque nues dans ses grandes mains, les pétrissant en la plaquant contre lui, frottant son sexe contre son bas-ventre.

— Arrête de jouer, lui intima-t-elle d'une voix rauque. Prends-moi.

— Vos désirs sont des ordres.

Alors qu'il la soulevait par les fesses, elle enroula instinctivement les jambes autour de sa taille, sa culotte détrempée contre son ventre, alors qu'il se pressait contre le sillon de ses fesses. Il la plaqua contre le mur pour qu'elle puisse y prendre appui pendant qu'il passait une main entre ses jambes, caressant son sexe moite.

— Tu es toute trempée, ma belle. Tu mouilles pour moi. Tu as envie de moi ? Tu as envie de ça ?

Quand il se mit à frotter son sexe contre sa culotte, elle poussa un gémissement, son désir lui ayant manifestement ôté l'usage de la parole. Comme ils étaient tous les deux en train de haleter bruyamment, elle l'entendit à peine quand il lui arracha sa culotte, mais elle remarqua aussitôt la différence quand il se frotta contre elle, faisant glisser sa queue soyeuse contre son sexe détrempé.

— Prends-moi, l'implora-t-elle.

— Jusqu'à ce que tu jouisses en hurlant, lui promit-il avant de la pénétrer.

Elle laissa alors échapper un cri de satisfaction. Agrippée à lui, elle le couvrit de baisers passionnés, lui suçant la langue et étouffant ses gémissements de plaisir.

Dans son esprit, sa louve se mit à faire des bonds, exigeant de Francine qu'elle fasse des choses pour lesquelles elle n'était pas encore prête. Elle lui ordonna de s'approprier cet homme. Cela la ramena juste assez à la réalité pour pouvoir lâcher d'une voix essoufflée :

— On ne se marque pas.

Même si elle mourait d'envie de le mordre partout pour montrer à tout le monde qu'il lui appartenait.

— Pas ce soir, mais tu seras bientôt à moi, gronda-t-il en accélérant le rythme de ses coups de reins.

Cramponné à ses fesses, il la prit de plus en plus violemment, les frottements obligeant Francine à se crisper, de plus en plus proche du point de non-retour.

Quelque chose, un bruit qui n'avait aucun rapport avec les leurs, une odeur incongrue, l'incita à ouvrir ses yeux troublés par le désir. Dans l'embrasure de la porte d'entrée se tenait Mitchell, qui les observait faire l'amour, le regard enfiévré. Il la vit l'observer mais, plutôt que de partir ou de les interrompre, il se mit à caresser le renflement dans son pantalon.

C'en fut trop pour Francine qui rejeta la tête en arrière et jouit dans un hurlement. Alejandro ne cessa pas pour autant ses mouvements de va-et-vient, lui arrachant un second orgasme, si intense qu'il la fit se cambrer et se tendre comme un arc. Prise de convulsions, elle sentit son sexe se contracter sur le sien, ce qui le fit jouir en elle en criant.

Épuisée, elle s'affaissa mollement dans ses bras, leurs souffles chauds se mêlant l'un à l'autre. Quand il changea de position pour améliorer sa prise et la porter à l'étage, elle jeta un coup d'œil vers la porte d'entrée et la vit se refermer. Mitchell était parti. *À moins qu'il ne soit jamais venu, tout simplement.* Mais elle n'eut pas le temps de se demander s'il s'agissait de la réalité ou d'un tour de son imagination, car Alejandro recommença à l'embrasser en murmurant :

— Ma douce Francine.

L'admiration et l'affection contenues dans sa voix furent une leçon d'humilité pour elle. Mais pas autant que le fait que son sexe, toujours à demi en érection en elle se remette à se durcir. Quelle endurance ! Ce qui était parfait, car elle était loin d'en avoir terminé avec son gros matou. *Et s'il doit s'agir de notre unique moment d'intimité, autant qu'il soit mémorable.* En effet, malgré ses paroles rassurantes, elle avait encore du mal à croire qu'il ne finirait pas par partir pour de plus verts pâturages.

Mitchell était pantelant, la tête sur le volant de sa voiture. Il sentit sa queue se raidir de manière douloureuse, prêt à oublier ses appréhensions et à accepter ce que Francine lui proposait depuis si longtemps. Ce qu'il avait désormais perdu à cause de son entêtement et de son refus de reconnaître la valeur de ce qu'il avait devant les yeux. Celle qui ne lui avait jamais caché qu'elle voulait de lui et qui, lorsqu'il l'avait repoussée, s'était tournée vers un autre.

C'était par hasard qu'il était tombé sur eux en train de faire l'amour. Même si, au fond, il savait très bien ce qu'il verrait en approchant de sa porte entrouverte, ses gémissements et les claquements de leurs corps étant trop flagrants pour qu'il ne puisse les décrypter. Cela ne l'avait pas empêché d'entrer. Il aurait dû exploser de rage – ou, du moins, se sentir gêné – en la voyant plaquée contre le mur, Alejandro entre ses cuisses, elle cramponnée à lui, les doigts enfoncés dans son dos, tandis que celui-ci lui faisait l'amour. Mais, au contraire, il s'était aussitôt mis à bander comme jamais. Incapable de détourner le regard, il avait observé le fauve donner à la rouquine ce que lui-même n'avait pas osé lui offrir. Un souvenir qu'il ne pourrait plus jamais effacer de sa mémoire. Alejandro lui avait fait l'amour avec une intense sensualité, et elle avait semblé apprécier chacun de ses coups de reins.

Quand elle avait ouvert les yeux et s'était tournée vers lui, il avait cru qu'elle lui crierait de dégager, ou qu'elle signalerait sa présence à Alejandro. Elle n'en avait rien fait. Au contraire, elle avait soutenu son regard, l'invitant clairement à venir les rejoindre. Il avait failli y aller. Il avait même porté la main à son sexe pour se caresser malgré son pantalon. Comme si elle n'avait pas pu supporter le fait de le voir si excité, elle avait pris son pied en poussant un long hurlement qui lui avait comprimé les couilles et avait manqué de le faire jouir.

En cet instant, il avait presque oublié son aversion pour le fauve, son appréhension du fait de se trouver dans la même pièce que la meilleure amie de sa sœur, et même sa crainte envers l'engagement qu'elle lui avait proposé. Un long moment, avec une intensité qui l'avait bouleversé, il avait voulu lui appartenir, que ce soit au sein d'un ménage à trois ou non. Il s'était même facilement imaginé, à tour de rôle avec le félin, lui donner du plaisir, étouffant ses cris avec sa queue pendant qu'Alejandro la prenait en levrette. Des images qui l'avaient abasourdi et fait fuir.

Il n'était pas prêt. Tout cela l'effrayait.

Il succomba à un tourbillon d'émotions et à une cacophonie de sensations qui l'obligèrent à aller s'asseoir dans sa voiture, incapable du moindre mouvement le temps qu'il se ressaisisse. Son loup, qui commençait à s'impatienter, exigeant de savoir pour quelle raison ils ne retournaient pas marquer la femelle, ne l'aida en aucun cas.

Mais le fait de faire l'amour avec Francine avait pris une tout autre dimension. S'il la marquait, il allait également lui falloir accepter le félin. Cela signifiait qu'il allait devoir partager avec lui, non seulement une femme, mais aussi un foyer, et probablement un lit. En serait-il capable ? Vraisemblablement pas, puisque chaque fois qu'il voyait cet enfoiré, il n'avait qu'une envie, lui faire quitter ce petit air suffisant à coups de poing.

Il avait besoin de conseils, mais vers qui se tourner ? Sa mère qui avait giflé la dernière salope qui avait jugé bon de mettre une main au cul de son âme sœur ? Ses frères, dont la solution serait sans doute d'aller lui casser la gueule ? Il connaissait quelqu'un, deux personnes, en fait, susceptibles de comprendre son problème. Qui pourraient peut-être lui expliquer de quelle manière elles étaient parvenues à se partager sa sœur sans transformer en champ de bataille la maison de cette dernière. Mais, compte tenu de l'heure tardive, cela devrait attendre jusqu'au lendemain.

Submergé par ses émotions, et plus excité qu'un lapin en chaleur, Mitchell retourna chez lui mais resta dans la voiture plutôt que de rentrer. À l'intérieur, il savait qu'il ne pourrait pas s'empêcher de faire les cent pas, ou de se tourner et de se retourner. S'il réveillait sa mère, elle ne manquerait pas de tenter de lui tirer les vers du nez, ou de lui donner une tape sur le sommet du crâne. Aucun de ces deux scénarios ne lui faisait très envie.

Il sentit l'appel de la sérénité de la forêt et la paix qu'il y trouverait s'il laissait son animal aller y courir. Il se déshabilla, déposant ses vêtements sur le siège passager, et descendit de la voiture. Nu, il s'étira, profitant de la fraîcheur de l'atmosphère nocturne. Puis, serrant les dents, il se transforma, laissant l'animal qui sommeillait en lui prendre la maîtrise de son corps.

Quand son loup prit le dessus, ses membres se mettant à craquer douloureusement pour prendre leur nouvelle apparence, il sentit ses sens s'aiguiser. Les innombrables parfums présents dans l'air lui devinrent aussitôt identifiables, comme celui de l'herbe, du caoutchouc, d'un raton laveur errant et… d'une femelle ourse ?

Inclinant la tête, il huma l'air, aspirant à pleins poumons, tentant de comprendre pourquoi cette odeur lui semblait si étrange. Il comprit immédiatement que ce n'était pas celle d'un métamorphe, car elle n'en possédait pas le marqueur humain caractéristique. Pourtant, il savait pertinemment qu'il n'y avait aucun ours dans la région.

Ni aucun grand prédateur, étant donné que ces derniers savaient que les étendues forestières derrière ces maisons étaient le territoire des métamorphes. Les créatures naturelles les évitaient d'instinct depuis très longtemps, ce qui rendait d'autant plus singulière la présence de cette ourse.

Flairant le sol, Mitchell se mit à suivre la piste, de plus en plus perplexe en se rendant compte qu'elle menait au pied d'un arbre, face à la maison de sa sœur. Naturellement, certains ours grimpaient aux arbres, mais pas les plus gros, et certainement pas sans y laisser des traces de griffes. Il n'y avait aucune entaille dans l'écorce, contrairement à ce qu'il aurait pu escompter. En jetant un coup d'œil en l'air, il ne décela rien de particulier dans l'obscurité.

En faisant le tour du gros chêne, reniflant pour s'assurer qu'il ne s'était pas trompé, il se figea en percevant un bruissement, au-dessus de lui. À peine eut-il de nouveau levé les yeux qu'il plongea de côté en apercevant un reflet métallique. « Pan ! »

Le projectile lui effleura l'épaule, emportant une touffe de poils et un petit morceau de chair avec lui, la blessure apportant avec elle une sensation de brûlure atroce. Putain. Ce n'était pas un ours, mais quelque chose de bien pire : un chasseur.

En rogne, et ne pouvant pas se transformer sans se faire remarquer par l'humain, Mitchell poussa un hurlement d'avertissement, convaincu que les âmes sœurs de Naomi et de ses frères allaient accourir. Des lumières s'allumèrent et des portes s'ouvrirent. Un second tir lui siffla aux oreilles, s'enfonçant dans la terre, juste devant sa patte. Mitchell fila aussitôt, hurlant pour appeler à l'aide, pas suffisamment idiot pour se croire capable de rivaliser avec un crétin dans un arbre, qui lui tirait dessus à bout portant. Un troisième projectile l'atteignit au flanc et il poussa un jappement de douleur qui l'empêcha presque de percevoir le bruit de pieds touchant le sol. Malgré sa souffrance, il fit volte-face en grognant, juste à temps pour voir une silhouette s'enfuir. Il se lança à la poursuite du chasseur mais, pour une raison inexplicable, la douleur de sa blessure devint de plus en plus insupportable. Il avait pourtant connu pire.

En finissant par s'écrouler, il entendit des cris d'animaux et des bruits de pas qui s'éloignaient. Puis, plus gênant, un moteur que l'on démarrait et des crissements de pneus.

Mais, perdant connaissance, il se moquait bien que sa proie ait pu lui échapper.

Chapitre 8

Un léger contact lui donna des frissons dans le dos ; Francine se mit à remuer pour le faire cesser. Sentant de nouveau cet effleurement, elle se tourna sur le dos en grommelant pour y mettre un terme. Elle sentit alors une main brûlante se poser sur l'un de ses seins nus. Elle se figea et retint son souffle. *Oh, merde, il est encore là.* Elle en eut à la fois le cœur chaud et un frisson glacial dans tout le corps, car elle ignorait complètement quelle attitude adopter.

Elle ne s'était pas vraiment attendue à ce qu'Alejandro disparaisse aussi subitement que Houdini pendant la nuit, mais elle n'aurait jamais cru qu'elle se réveillerait à ses côtés. Même si elle avait déjà eu des petits amis par le passé – jamais bien longtemps –, aucun d'eux n'était resté toute une nuit avec elle. Incapable de déterminer ce qu'elle devait faire, elle garda les yeux fermés et tenta de respirer le plus légèrement possible, de peur qu'il découvre qu'elle avait une haleine matinale fort peu agréable.

— Tu n'es pas très douée pour faire semblant de dormir, lui fit-il sèchement remarquer en lui serrant le sein dans sa main avant de faire rouler son téton entre ses doigts.

Sursautant, elle ouvrit grands les yeux et le vit appuyé sur un coude, l'observant tout en lui caressant le sein.

—Euh, salut. Je ne m'attendais pas à te voir.

Il fronça les sourcils en serrant les lèvres.

—Je t'avais dit que je ne partirais pas.

Face à son mécontentement, elle s'empressa de lui apporter quelques éclaircissements.

—Je me suis mal exprimée. Je ne pensais pas que tu allais t'enfuir aux premières lueurs de l'aube, mais c'est juste que… (Elle baissa d'un ton et poursuivit en chuchotant.) C'est la première fois que quelqu'un passe la nuit avec moi.

Cet aveu la fit rougir.

—Probablement parce que tu prends toutes les couvertures et que tu détestes les câlins, lui rétorqua-t-il, accompagnant son reproche d'un sourire et sans cesser de lui caresser le sein.

—Si, j'aime bien les câlins. Enfin, quand je suis réveillée, en tout cas.

—Je le note pour plus tard, mais je t'assure que, quand tu dors, c'est sur le ventre, cramponnée à ton oreiller, et que chaque fois que je t'ai touchée, tu m'as donné des coups de coude. À un moment, tu m'as même donné un coup de pied.

Elle ne put qu'esquisser un sourire penaud.

—Oh. Je suis désolée. J'imagine que c'est parce que je n'ai pas l'habitude de partager mon lit.

—Eh bien, il va falloir t'y faire, ma belle, parce que même si je n'ai pas non plus l'habitude de dormir avec quelqu'un, j'aimerais bien commencer avec toi. (Il lui lâcha le sein et agita un doigt menaçant dans sa direction.) Je n'ai pas envie non plus d'être obligé de me réveiller en grelottant sur un coin de matelas, à la recherche d'un objet auquel je pourrais m'agripper pour éviter de tomber par terre.

—Chochotte.

—Pourrie gâtée.

Ils se sourirent mutuellement avant d'éclater de rire. Il l'embrassa sur le nez, mais elle eut un mouvement de recul.

—Je vais d'abord aller me laver les dents.

—J'y suis déjà allé, reconnut-il. Je vais aller m'occuper du petit déjeuner pendant que tu te pomponnes. Il va falloir que tu te prépares pour aller au bureau, et comme il est question que je reste dans le coin, autant que je me mette à chercher du travail.

—Vraiment ? Sérieusement, tu veux bien rester même si je ne te laisse pas me marquer ?

Il lui pinça le téton, lui arrachant un petit cri aigu.

—Tu mérites vraiment une fessée. Je pensais tout ce que j'ai dit et, à mes yeux, tu m'appartiens déjà, ma belle. Tu ne m'as peut-être offert que ton corps, hier soir, mais je suis pratiquement certain d'avoir conquis ton cœur, ce qui signifie qu'il ne me reste plus qu'à gagner ta confiance. Et, pour ça, il faut que je m'installe quelque part.

Se mordant la lèvre, elle se retint de se jeter sur lui et de le couvrir de baisers. Avec son haleine de fennec, elle le tuerait certainement. Mais, dès qu'elle aurait fait un brin de toilette, il était bon pour une séance de bisous.

Et, si elle avait le temps avant d'aller travailler, pour une petite pipe aussi.

— Génial. Maintenant, bouge-moi ce petit cul. Il m'a semblé entendre parler d'un petit déjeuner et, après les exercices d'hier soir, je meurs de faim.

Elle lui fit un clin d'œil, et il poussa un gémissement.

— Tu vas finir par me tuer, c'est sûr. Trois fois, ça ne t'a pas suffi, ma belle ? Les hommes ne sont pas si endurants que ça…

Elle se fendit d'un sourire.

— Va acheter des vitamines, si tu ne penses pas pouvoir tenir le rythme. Je suis une fille pleine de vigueur. Il va falloir t'y habituer.

— Avec plaisir.

Il lui pinça une dernière fois le téton avant de descendre du lit et de s'éloigner dans le plus simple appareil, avec sa peau hâlée qu'elle avait tant apprécié sentir contre la sienne.

Elle se doucha et se brossa les dents en chantonnant, se préparant en un temps record pour aller travailler, toujours déterminée à s'octroyer un petit coup en vitesse avant de partir. En dévalant l'escalier, elle sourit en sentant l'odeur du bacon. *Ça ne me déplairait pas de m'y habituer. De m'habituer à lui.* Il l'avait emmenée au septième ciel, la veille, à plus d'une reprise, et c'était la première fois qu'elle se sentait si bien, si heureuse. Elle refusait que cette sensation agréable se dissipe.

En arrivant dans la cuisine, elle trouva son beau matou en train de faire griller du pain dans une poêle à frire. À poil.

— Tu n'as pas peur de te brûler quelque chose ? demanda-t-elle en l'observant tout en grignotant une tranche de bacon, commençant à ressentir une faim d'une tout autre sorte.

Les yeux à demi fermés, il croisa son regard.

— Ne t'inquiète pas, ma belle. Je ne permettrai pas que quelque chose m'empêche de te donner du plaisir.

Elle poussa un éclat de rire en le contournant pour aller se laver les mains, pleines de graisse. Il la saisit dans ses bras, l'obligeant à se retourner, son visage à quelques centimètres du sien.

— Bonjour. Je peux avoir un bisou, maintenant ? (Elle fit mine de réfléchir à la question et se mit à rire quand il la prit par la taille pour l'attirer à lui.) Vilaine fille.

Quand il écrasa sa bouche contre la sienne, elle poussa un soupir et, aussitôt, s'embrasa de nouveau de désir.

Il la souleva et la posa sur le bord de l'évier. Elle enroula ses jambes autour de sa taille et aspira sa langue dans sa bouche, savourant ses grondements de plaisir.

— Ton petit déjeuner va brûler, murmura-t-il avant de lui mordiller le menton.

— Je suis sûre que je trouverai bien autre chose à manger, lança-t-elle d'un ton malicieux en enfonçant les doigts dans ses cheveux et en ramenant son visage vers le sien pour qu'il continue à l'embrasser.

Alors qu'ils s'embrassaient sensuellement, elle se mit à faire onduler son bassin contre son sexe rigide, se maudissant à présent de s'être habillée avant de descendre.

En percevant un bruit de verre brisé, elle se demanda vaguement ce qu'ils avaient pu casser au cours de ces ébats impromptus puis elle ressentit une piqûre aiguë dans le dos et poussa un cri.

— Francine ! entendit-elle Alejandro s'écrier malgré un bourdonnement dans ses oreilles.

Elle tenta de se ressaisir pour lui répondre, mais elle fut prise d'une quinte de toux, un liquide chaud dans la bouche. Son univers bascula quand il l'entraîna par terre, sans cesser de répéter :

— Merde, merde, merde… Putain, où est le téléphone ? gronda-t-il d'un air paniqué en la prenant dans ses bras.

— Sur… le mur, marmonna-t-elle d'une voix engourdie. Que s'est-il passé ? Je me sens toute drôle. J'ai froid.

Chacune de ces syllabes lui avait demandé un gros effort. Elle avait l'impression que sa langue avait doublé de volume. Elle cligna des yeux plusieurs fois mais sa vue continua de se voiler progressivement.

— On t'a tiré dessus, déclara-t-il d'un ton sec.

Si elle ne l'avait pas connu, elle aurait pu croire que son fauve était fâché. Et qu'il avait peur. Elle avait du mal à se concentrer, avec cette impression qu'on la plongeait dans la glace. Il la déposa délicatement à plat ventre, et elle fut presque ravie de sentir le carrelage glacé sur sa joue, car, au moins, elle pouvait le sentir.

Alejandro se précipita vers le téléphone mural. Il s'en empara et retourna auprès de la jeune femme en composant brutalement un numéro. Elle fermait peu à peu les yeux. Il lui donna une tape sur la joue pour qu'elle les rouvre.

— Tiens bon, ma belle. Les secours ne vont pas tarder. Répondez, putain ! hurla-t-il, personne n'ayant décroché à la première sonnerie. Javier, qu'est-ce que tu foutais ? Il lui a tiré dessus. Comment ça, qui ? Francine, crétin. Il lui a tiré dans le dos, putain. J'ai besoin d'aide. Tout de suite ! Je crois que c'est une balle en argent.

En argent ? Merde, ça craint. Qui pouvait bien vouloir la tuer ? Les métamorphes étaient capables de se remettre de bien des blessures, mais l'argent empêchait leur métabolisme de fonctionner correctement. *Et ce n'est pas une bonne nouvelle.* Parce qu'elle savait à présent que la sensation d'engourdissement qui se répandait à travers tout son être signifiait qu'elle était sérieusement touchée.

Elle voulut dire à Alejandro, qui la regardait avec un air anéanti, que tout allait bien, mais elle se mit à battre des paupières, et eut l'impression de se faire engloutir par les ténèbres.

L'impuissance. Quelle horrible sensation. C'était la première fois qu'Alejandro en était victime. Cela l'ennuyait autant que l'effroi qui s'emparait de lui chaque fois qu'il se demandait si Francine allait s'en tirer. *Bien sûr qu'elle va s'en remettre. Je ne la laisserai pas mourir.*

Il faisait les cent pas devant la porte qui lui dissimulait Francine et le médecin qu'ils avaient appelé pour s'occuper d'elle. Il se souviendrait jusqu'à la fin de ses jours du trajet jusque chez Naomi, avec sa Francine pâle et inconsciente. Il avait d'abord refusé de l'amener chez le médecin, redoutant qu'elle se vide de son sang à cause de la balle en argent encore prisonnière de son corps. Il avait donc fini par accepter d'aller attendre les secours chez Naomi, ce qui était un bon compromis.

Avec la voiture de Francine, il avait roulé à fond, priant pour que les flics ne l'arrêtent pas. En s'immobilisant devant chez son frère dans un crissement de pneus, il avait failli pleurer de soulagement en constatant que le médecin était déjà là. Les mains tremblantes, il avait eu du mal à soulever la petite silhouette livide étendue sur la banquette arrière. Ethan l'avait poussé sur le côté et avait transporté délicatement la blessée à l'intérieur, s'enfermant dans la chambre principale avec le praticien. Le grand kodiak s'était fait jeter dehors par une Naomi livide qui avait également refusé l'accès à la chambre à Alejandro quand celui-ci avait voulu la suivre.

— Tu es une épave, lui avait-elle dit. Et, d'ailleurs, il faut que tu ailles raconter à tout le monde ce qui s'est passé. Elle va s'en tirer, Alejandro. Elle a intérêt.

La tête baissée, les larmes aux yeux, il pria pour qu'elle ait raison.

— Qu'est-ce que c'est que ce bordel ? aboya Geoffrey, le père de Naomi, le loup grisonnant aussi furieux que si c'était sa fille qui était inconsciente.

Javier, Ethan et le reste de la famille de Naomi s'agglutinèrent autour de lui, une lueur de rage grossissant dans leur regard au fur et à mesure qu'il leur relatait l'attaque. Il finit par s'emporter et pousser un puissant rugissement lorsqu'ils lui racontèrent à leur tour que Mitchell était resté alité ce matin-là après s'être fait canarder la veille.

— Putain, comment se fait-il que personne ne m'ait appelé ?

S'il avait su, il aurait pu… Il n'aurait jamais imaginé une telle attaque.

— C'est ma faute, reconnut Javier. J'ai cru que, puisqu'il surveillait notre maison, il n'avait aucune idée de l'endroit où tu pouvais te trouver.

— Tu t'es lourdement trompé ! gronda Alejandro en faisant un mouvement brusque vers son frère, retenu au dernier moment par Ethan.

— Ça n'arrangera rien de le frapper, gronda le grand kodiak. Le docteur Weston va la remettre sur pied, et elle va s'en tirer. Ce qu'il faut, c'est qu'on s'efforce de mettre la main sur ce chasseur pour éviter qu'il blesse quelqu'un d'autre. C'est allé trop loin.

C'était le cas, et c'était à Alejandro qu'il appartenait de régler ce problème. *Tout ça, c'est à cause de moi. À moi, maintenant, de m'en occuper.* Parce que s'il y avait bien une chose qu'il ne tolérerait pas, c'était que quelqu'un puisse s'en prendre à son âme sœur. *La femme que j'aime.* Cette prise de conscience ne fut pas véritablement une surprise pour lui. Il avait compris dès leur première rencontre qu'il s'agissait d'un être particulier. Et, après la nuit qui venait de s'écouler, il n'avait plus qu'une envie, rester auprès d'elle jusqu'à la fin de ses jours. Il avait hâte de lui expliquer à genoux ce qu'il éprouvait à son égard. Dès qu'elle serait rétablie.

Rarement s'était-il laissé gagner par une telle rage, et jamais pour quelqu'un d'extérieur à sa famille, mais Francine signifiait plus à ses yeux que n'importe qui. Il se serait volontiers jeté devant elle pour prendre la balle à sa place, s'il en avait eu l'occasion. Il aurait fait n'importe quoi pour éviter de tant souffrir en la sachant blessée. Il s'agissait d'une douleur profonde que seule la vengeance pourrait apaiser. Mais il n'entamerait pas sa quête avant d'avoir la certitude qu'elle était hors de danger.

Cela lui sembla durer une éternité mais, au bout d'une heure, la porte s'ouvrit et le médecin ressortit de la chambre, la mère de Naomi, livide, à ses côtés.

— Elle va s'en tirer, annonça le praticien, ce qui le soulagea quelque peu. La balle lui a transpercé la colonne vertébrale et un poumon. Le trou dans son poumon s'est déjà refermé, mais il faudra encore un peu de temps pour que l'os se régénère. Elle va devoir rester alitée quelques jours. Oh, et il lui faudra beaucoup de fer, en d'autres termes de la viande rouge, pour que son sang se reconstitue, parce qu'elle en a perdu énormément.

Alejandro poussa un soupir de soulagement, l'effroi qui l'avait envahi depuis qu'il avait entendu le coup de feu s'estompant peu à peu.

— Je peux aller la voir ?

— Oui, mais pas longtemps. Il faut qu'elle se repose. L'argent l'a considérablement affaiblie et, même si j'ai retiré la balle, il faut qu'elle recouvre des forces.

S'éloignant des autres hommes tous réunis, à l'exception de Mitchell, qu'ils avaient dû attacher à son lit pour qu'il puisse reprendre des forces, Alejandro entra dans la chambre et s'approcha du grand lit avec l'impression d'avoir des pieds en plomb. Le fait de la voir étendue à plat ventre, recouverte d'un drap bleu replié sur la taille, un énorme pansement au milieu du dos, lui fit l'effet d'un uppercut au foie. Le voyant chanceler, Naomi, qui avait encore les larmes aux yeux, tenta de lui adresser un sourire de réconfort. Il fut incapable de soutenir son regard, la culpabilité le forçant à baisser les yeux. Il remarqua alors qu'elle serrait fortement la main de Francine dans la sienne.

Tournant la tête de l'autre côté, la blessée lui adressa un regard las, très différent de celui de la veille, quand y brûlait encore une étincelle de passion. Le fait de la voir se réjouir de sa présence lui transperça le cœur. Comment pouvait-elle ne pas lui en vouloir ?

— Jag, Dieu merci. Tu ne voudrais pas dire à ma meilleure copine ici présente que tout va bien ? Je te jure, on dirait qu'elle essaie de me broyer la main.

Accueilli par celle qu'il aimait d'une manière qu'il ne pensait pas mériter, il alla se placer derrière Naomi.

— Oh, va te faire foutre ! s'exclama celle-ci d'une voix encore pleine de larmes. Je n'ai pas eu l'impression que ça te dérangeait quand le médecin est allé chercher cette balle.

Se tournant pour mieux les voir tous les deux, Francine marmonna un :

— Salope.

— Morue.

Elles se mirent toutes les deux à glousser en essuyant subrepticement leurs yeux embués, Francine devant se contenter de se frotter le visage contre son oreiller.

—Y en a pas une pour rattraper l'autre, lâcha-t-il en ébauchant un semblant de sourire.

—Je me suis bien fait attraper, moi, hier soir. (Francine s'humecta les lèvres en lui faisant un clin d'œil.) Je ne sais pas si c'était aussi le cas de cette grosse vache, même si je suis prête à parier qu'une fois qu'elle est sur le dos, il n'y a plus moyen de la relever.

Plutôt que de s'en offusquer, Naomi éclata de rire.

—Javier m'a traité de tortue, ce que je lui aí fait payer cher, crois-moi. Il en a sans doute encore mal à la langue à force de s'être excusé. Mais, en parlant de bovins, je vais demander à Ethan d'aller nous chercher une vache. Le médecin a dit qu'il fallait que tu manges beaucoup de viande rouge.

Francine se mit à pouffer de manière peu élégante.

—Ah, bien tenté, gros bide. Ça te ferait rêver, un énorme steak, hein ?

—Sans parler de pommes de terre au four et d'une bonne salade César, ajouta Naomi en se frottant le ventre avec un grand sourire.

—Inutile de se demander pourquoi tu es aussi grosse qu'un mammouth.

—Je crois que je ne vais pas tarder à aller me chercher une nouvelle meilleure amie, grommela-t-elle.

—Je te souhaite bonne chance. Personne ne voudra être obligé de supporter ton petit ton moqueur.

— Je t'aime, Francine, dit-elle d'une voix tremblante en se levant avant de se diriger vers la porte.

— Moi aussi, je t'aime, chuchota son amie, la gorge serrée.

Alejandro prit place sur le siège laissé vacant par Naomi et prit la main encore endolorie de Francine.

— Votre amitié est étrange, mais magnifique, déclara-t-il en passant son pouce sur la peau pâle de sa main.

— Si tu veux dire « tordue », alors oui. Mais c'est ce qui nous correspond. Merci de m'être venu en aide.

Il culpabilisait tellement qu'il était incapable de la regarder dans les yeux.

— Ne me remercie pas. C'est entièrement ma faute si tu es dans ce lit.

— Qu'est-ce qui te fait dire ça ? Tu aurais tout aussi bien pu te prendre cette balle.

— Et c'était probablement l'intention du tireur, étant donné qu'il s'agit de quelqu'un de mon passé qui m'a suivi jusqu'ici. Je l'ai conduit droit sur toi et, maintenant, c'est toi qui es blessée.

— Mais tu ne savais pas qu'il ferait ça.

— Peu importe. C'est quand même ma faute.

— Putain, tu n'imagines même pas comme tu as raison, intervint Mitchell depuis le pas de la porte, torse nu, avec un bandage autour de l'épaule et le bras en écharpe. Un putain de chasseur a décidé de tirer sur les membres de ma famille et sur moi, tout ça parce que tu n'as pas su garder ta queue dans ton pantalon.

— Et moi, tu m'as oubliée ? s'offusqua Francine.

Mitchell la foudroya du regard.

— Tu fais partie de la famille, Francine. Sœur, âme sœur… peu importe, ça ne change rien. Mais lui… (Il reporta son attention sur Alejandro.) On n'a que des problèmes depuis ton arrivée. Tu te crois chez toi partout. Tu dragues des jeunes filles innocentes…

— Une et une seule, rectifia l'intéressé.

— Tu as séduit Francine ! Et, maintenant, à cause de toi, on lui a tiré dessus. Si je n'avais pas ce putain de bras en écharpe…

— Et si tu n'étais pas si terrifié par la réaction de ta mère, l'interrompit Francine avec un ricanement qui lui valut de se faire fusiller du regard.

— Je devrais te renvoyer d'où tu viens à coups de pied dans le cul, gronda Mitchell en s'approchant de lui.

— Inutile de tc donner tant de mal. (Alejandro se leva.) De toute façon, il faut que j'aille régler ce problème. Tu as raison. C'est ma faute, et c'est à moi de m'en occuper.

— Non, chuchota Francine. Ne t'en va pas, s'il te plaît. J'ai besoin de toi à mes côtés. Qui va s'occuper de moi, sinon ?

Il eut l'impression de se recevoir un coup de poignard en la voyant si apeurée, elle, sa magnifique petite peste qui parvenait généralement à résoudre ses problèmes avec un sourire et une réplique cinglante.

— Tu es entre de bonnes mains, ici, et, en plus, tu crois que Naomi te laisserait partir ?

— Mais je ne veux pas que Naomi continue à me tenir la main en me disant que tout va bien se passer.

Il sentit son cœur se serrer, et si son honneur ne lui avait pas dicté de tout faire pour la mettre en sécurité, il aurait cédé à ses suppliques. En fait, il se contenta de se baisser pour l'embrasser.

— Il faut que je m'en occupe, ma belle. Je veux que tu puisses vivre en sécurité. Mais tu ne seras pas seule. Quelque chose me dit que Mitchell va vouloir rester auprès de toi. Et n'est-ce pas là ce que tu voulais depuis le début ?

— Mais…

— Chut.

Il l'embrassa de nouveau avant de se lever et de s'éloigner. En passant devant Mitchell, il le saisit par son bras valide et l'entraîna dans le couloir.

— Tu veux aussi m'embrasser, fauve ? se moqua le frère de Naomi.

— Dans tes rêves, loup. Je voudrais simplement te demander de prendre soin d'elle pendant mon absence. J'ignore combien de temps ça va me prendre pour retrouver cet enfoiré, mais je ne reviendrai que lorsque je serai certain qu'elle ne risque plus rien.

— C'est ta façon de tirer ta révérence et d'éviter une scène ? Comme c'est classe et prévisible.

Alejandro esquissa un rictus et plaqua son avant-bras sur la gorge de Mitchell, poussant ce dernier contre le mur. Il évita d'élever la voix, soucieux que Francine ne puisse pas l'entendre.

— Écoute-moi bien. Je tiens énormément à elle. En fait, c'est bien peu de le dire. Je suis amoureux d'elle, et j'envisage de la faire mienne. Tu m'entends bien ? De la faire mienne. Pour toujours. Alors, ne t'imagine pas que je ne vais pas revenir, loup, parce que tu te trompes. Et, à mon retour, je la marquerai. Parce que je l'aime, je te demande de veiller sur elle en mon absence. Il lui faut quelqu'un pour la rassurer et lui dire que tout va bien se passer. Et, en dépit du fait que tu es un crétin, ça lui ferait certainement plaisir si c'était toi.

— Tu n'as pas à me dire de quoi elle a besoin. Je n'ai pas l'intention de l'abandonner. Jamais. Alors, qu'est-ce que tu dis de ça, fauve ? Tu as encore envie de revenir maintenant que tu sais que tu vas avoir de la concurrence ? Ou est-ce que tu vas te servir de ça comme prétexte pour continuer à faire le tour du pays ?

Alejandro le libéra et recula, secouant la tête avec un léger sourire.

— Si tu comptais m'effrayer, il va falloir trouver autre chose. Un plan à trois, ça ne me fait pas peur. Ce qui ne me semble pas être ton cas. Je ne vois rien de plus amusant que de lui faire l'amour à tour de rôle. Reste à savoir si tu pourras le supporter. Tu ferais bien de trouver la réponse avant mon retour. (Il s'apprêta à s'éloigner, mais ne put s'empêcher de lui lancer une pique.) Oh, et si tu veux lui faire plaisir, elle adore quand on lui mordille le lobe de l'oreille lorsqu'on lui fait l'amour. Ça la rend dingue !

Il gloussa en voyant Mitchell devenir écarlate, à la fois de gêne et de désir. Avec un peu de chance, sa traque de l'humain qui avait osé s'en prendre à lui serait assez brève, car il avait hâte du feu d'artifice à venir, aussi bien au lit qu'ailleurs.

Mitchell regagna la chambre en fulminant à cause des paroles du félin, mais sa colère s'estompa en voyant Francine, si petite et si désarmée dans ce grand lit. Naturellement, il aurait dû se douter qu'elle avait la langue toujours aussi bien pendue.

— Vous avez terminé de pisser sur les murs de Naomi, les gars ? À moins que vous ayez envie de m'attraper chacun par une jambe et de tirer chacun de votre côté pour voir celui qui aura le plus gros morceau ?

— J'ai l'impression que ça va mieux, tu essaies déjà de me vanner, lui fit-il remarquer d'un ton sec en prenant place sur le bord du lit, à côté d'elle. Pousse-toi un peu, tu prends toute la place.

— Non. C'est moi qui suis blessée, ici.

— Pardon ? Tu crois que j'ai le bras en écharpe parce que c'est la mode ?

Elle lui jeta un coup d'œil, son regard s'attardant davantage sur son buste que sur son bandage, ce qui lui fit bomber le torse.

— Mauviette. Mon pansement est plus grand que le tien, le railla-t-elle en se poussant tout de même de quelques centimètres.

Il s'étendit à côté d'elle sur le lit, la tête au bord du même oreiller. Elle ne soutint pas longtemps son regard, préférant de nouveau examiner ses bandages. Puis, comme si elle était incapable de s'en empêcher, elle laissa son regard vagabonder une nouvelle fois sur son torse nu, lui donnant chaud sans même le toucher. Mitchell se mit à bander, maudissant son pantalon de survêtement, qui rendait ce point un peu trop évident à son goût. Il tenta de dissimuler son érection avec la main, mais cela ne fit qu'attirer l'attention de la jeune femme.

— Belle bête. J'espère que tu n'as pas l'habitude de te branler de la main gauche, ricana-t-elle.

— Tu es grossière, Francine.

— Et ce n'est qu'un aperçu de ce que je peux faire avec ma bouche. Au fait, tu n'étais pas censé être attaché à un lit pour être sûr que ta plaie ne se rouvre pas ?

Il haussa les épaules.

— Ils ont bien essayé, mais quand j'ai appris que tu t'étais fait tirer dessus, j'ai comme qui dirait cassé le lit pour pouvoir venir te voir.

Cela lui avait fait un mal de chien, mais il avait complètement pété un plomb en apprenant la nouvelle.

— Oh, comme c'est mignon. Mais n'essaie pas de faire diversion. De quoi avez-vous discuté, Alejandro et toi ?

— Il s'en va, et il m'a demandé de m'occuper de toi.

Il ne se donna même pas la peine de mentir.

— Quoi ? Il n'est pas sérieux, hein ? Il pourrait se faire blesser.

Une fois de plus, il haussa les épaules, même s'il commençait aussi à s'agacer du fait qu'elle puisse se soucier à ce point du bien-être du félin. *Mais manifestement pas encore assez pour lui permettre de la marquer.* Ce qui signifiait qu'il avait encore toutes ses chances.

— Qui s'en soucie ? C'est sa faute si on s'est tous les deux fait tirer dessus. Il est donc normal qu'il tente de régler ce problème.

— Quand est-ce que vous cesserez vos conneries de machos ? Ce n'est pas parce qu'un cinglé fait une fixette sur Jag que c'est forcément sa faute. Il a dit combien de temps il serait absent ?

— Non. Mais, franchement, tu crois vraiment qu'il va revenir ?

Elle se mordit la lèvre, s'abstenant de toute réponse, mais il remarqua qu'elle avait les larmes aux yeux. Éprouvant une pointe de culpabilité, il soupira.

— Je suis sûr que ça ne lui prendra pas plus d'une journée. C'est nettement suffisant pour mettre la main sur cet humain et l'empêcher de s'en prendre à quelqu'un d'autre. Mais tu ne seras pas seule. Je vais rester auprès de toi.

— Mince, quelle chance, grommela-t-elle.

— Je croyais qu'on était destinés l'un à l'autre pour l'éternité…, déclara-t-il d'un ton malicieux.

Mais il retint son souffle en attendant sa réponse, espérant ne pas avoir définitivement tout fichu en l'air. Attaché à son lit, sa solitude résultant sans doute du fait qu'il avait hurlé à tout le monde de sortir de sa chambre, il n'avait eu que trop le temps de réfléchir. Pendant des heures, il avait passé au crible ses émotions, ne visualisant qu'une seule personne, pas uniquement nue dans son lit, mais aussi dans sa vie quotidienne, aussi bien comme une amie qu'une amante.

Comme si un voile s'était levé de devant ses yeux, il voyait à présent Francine sous un autre angle. Il comprenait les avantages qu'il y avait à s'unir avec quelqu'un qui le connaissait et qu'il ne ferait pas fuir. Le fait qu'ils aient certains centres d'intérêt communs, comme le sport, que ce soit devant la télé ou sur le terrain, lui plaisait beaucoup. Le fait qu'une fille si minuscule puisse se servir de sa langue et de son esprit affûté pour se défendre le faisait sourire avec une certaine fierté. Et, plus que tout, il ne la considérait plus comme le cataclysme ambulant qui s'était si souvent jeté sur lui qu'il avait fait le serment de ne plus jamais jouer au football américain. En l'observant, il voyait à présent… la perfection. *Mon âme sœur.* Et son loup poussa un soupir de soulagement en constatant que ce crétin d'humain dans lequel il était bloqué avait enfin cessé de jouer au plus con.

Il sursauta en l'entendant répondre :

— J'ai abandonné l'idée que tu puisses être mon âme sœur. C'est trop de boulot. En plus, tu es grognon. Je n'ai pas envie de subir ça tous les matins au réveil.

Il fronça les sourcils.

— Je ne suis pas grognon.

— Si.

— Non.

— Si.

— Du calme, les enfants, s'écria Naomi depuis le couloir.

— Je ne suis pas grognon, chuchota-t-il.

Elle lui donna un coup de coude dans son flanc douloureux, ce qui lui fit prendre une profonde inspiration.

— Oh ! Ce n'est pas très gentil, ça.

— Mauviette.

— Mégère.

Elle se mit à ricaner.

— « Mégère » ? Vraiment ? C'est tout ce que tu as trouvé ?

— Tu peux être vraiment chiante, parfois, tu sais ?

— Seulement parfois ? Il va falloir que je fasse des progrès, alors.

— Sinon, tu peux juste te taire, aussi. Tu sais, pour apprécier le silence et te reposer les mâchoires.

— Compte là-dessus.

Il ignorait ce qui lui prit. Elle avait encore le parfum du fauve sur elle. Il n'avait pas encore décidé de ce qu'il voulait faire d'elle. En fait, si, il avait envie d'elle, mais il préférait y aller doucement, avec précaution. Mais, malgré cela, il l'embrassa, d'abord brièvement, ce qui fit sursauter Francine et déclencha chez lui une brusque prise de conscience. Cela lui avait plu. Énormément, même. Et à elle aussi, semblait-il. Il l'embrassa donc de nouveau, goûtant à la saveur de sa bouche avant de tirer sa lèvre inférieure entre les siennes. Elle entrouvrit la bouche et poussa un petit gémissement de désir. Il en profita pour y glisser la langue et l'enrouler autour de la sienne.

Quand elle porta la main à son visage, il ne manqua pas de remarquer sa grimace. Cela le ramena à la réalité, mais ne fit rien pour dissiper son excitation. Il se retira.

— Désolé. Je n'aurais pas dû.

— J'étais persuadée que tu allais dire ça, déclara-t-elle en soupirant.

— Je ne regrette pas de t'avoir embrassée. Il va d'ailleurs absolument falloir qu'on le refasse, mais il faut d'abord que tu guérisses. Je ne veux pas être l'enfoiré qui a profité de toi pendant que tu étais sans défense.

— Tu parles, intervint Naomi depuis l'encadrement de la porte. Ah, les hommes. On dirait qu'ils n'ont rien dans la cervelle. Maintenant, dégage, il faut qu'elle se repose.

Francine prit un air buté, et il comprit que la discussion risquait d'être âpre, entre les deux amies. Il intervint avant que la situation ait eu le temps de se dégrader.

— Je reste. D'ailleurs, ce ne sera pas plus facile pour vous de vous occuper de nous si on est dans la même pièce ?

— Je croyais que tu n'étais pas si blessé que ça, le nargua sa sœur en plissant les yeux.

Prenant un air de cocker attristé, il tenta de paraître aussi malheureux que possible, tandis que Francine ricanait.

— Je me sens tout faible, en fait. Je crois que tous ces efforts ont eu raison de moi. Ça ne dérangera pas Francine si je m'endors à côté d'elle, hein, rouquine ?

L'intéressée poussa un soupir blasé.

— D'accord. Mais je te préviens tout de suite, on m'a dit que je prenais toute la place.

Eh bien, c'était peu de le dire, songea-t-il quand elle se coucha à plat ventre en travers du lit, la couette coincée sous la joue, tandis qu'il devait se contenter d'un minuscule coin de matelas. Toutefois, malgré le manque de confort, aucun autre endroit ne le faisait vraiment plus rêver. Cette idée ne l'effraya pas autant qu'il l'avait redouté.

Chapitre 9

Au bout d'un moment Naomi finit par se lasser de jouer aux cartes, au trou du cul – ce qui les faisait autant ricaner que lorsqu'ils étaient enfants –, avec Mitchell et ceux qui n'étaient pas partis à la recherche du chasseur. Mais Francine fut obligée de reconnaître que, même si Alejandro lui manquait, elle s'amusait bien avec Mitchell, le petit garçon dont elle se souvenait à présent devenu un homme avec le même caractère et la même morale biscornue qui l'autorisait à tricher aux cartes mais qui lui faisait croire que la meilleure amie de sa sœur était intouchable.

Du moins, avant. Tenant parole, il ne l'avait pas quittée depuis la veille, dormant à ses côtés, se plaignant qu'elle lui donnait des coups de pied dans son sommeil. Sa famille considérait sa présence comme une évidence et n'éleva aucun commentaire, ce qui étonna Francine, car ils n'étaient pas réputés pour avoir la langue dans leur poche. Il semblait que tout le monde jugeait que la place lui revenait de droit. Elle aurait également été de cet avis, à une exception près : il ne disait et ne faisait rien qui puisse lui laisser supposer que sa présence à ses côtés avait un caractère définitif. Ce qui craignait vraiment.

Elle voulait croire qu'il était prêt à franchir le pas, qu'il avait mis de côté son obsession maladive qui l'obligeait à la considérer comme sa sœur. Ce qui était difficile à deviner, car il ne faisait rien pour lui montrer qu'il la voyait sous un jour un peu plus romantique. Il ne tenta même pas de l'embrasser une nouvelle fois, même si elle s'était réveillée à plusieurs reprises à quelques centimètres de son visage, tandis qu'il l'observait attentivement, comme si elle restait une énigme à ses yeux. Pourtant, malgré son manque d'initiative, elle voyait bien que son regard brillait de désir, et elle l'avait surpris, une fois, alors qu'il croyait qu'elle ne le voyait pas, en train de remettre en place ses bijoux de famille, manifestement excité. Cela lui plaisait follement de susciter chez lui une telle réaction, et elle commençait à espérer être enfin parvenue à obtenir ce que son cœur désirait depuis toujours.

Pourtant... même si elle se réjouissait de leur proximité naissante, elle s'inquiétait pour Alejandro, qui lui manquait énormément. Il était étrange de constater à quel point, en si peu de temps, il était parvenu à s'emparer d'une partie de son cœur. Encore plus étrange, elle ne voyait aucun mal à tant tenir à un homme pendant qu'elle était au lit avec un autre, qu'elle avait toujours aimé. *Naomi a raison, je suis une morue.* Une morue qui ne s'envoyait pas beaucoup en l'air, malheureusement.

— Qu'est-ce qui te rend si triste, rouquine ? voulut savoir Mitchell en tortillant l'une de ses longues mèches de cheveux autour de son doigt, fier de lui avoir trouvé un nouveau surnom.

Que répondrait-il si elle lui disait qu'elle avait envie de faire l'amour ? Il s'enfuirait probablement par la fenêtre, comme il l'avait si souvent fait par le passé. Sans doute ferait-elle mieux de garder cela pour elle.

— Quelqu'un a des nouvelles de Jag ? demanda-t-elle.

— Non, et bon débarras. Peut-être que le chat de gouttière est rentré chez lui.

Il ne pouvait se retenir de lancer des piques sur Alejandro. Il poussa un grognement quand elle lui donna un coup de coude.

— Il ne ferait jamais ça. Il a dit qu'il reviendrait.

Même si elle redoutait qu'il ait perdu tout intérêt pour elle après avoir obtenu ce qu'il voulait, au fond d'elle, elle était persuadée qu'il tiendrait parole.

— Comme un bouton de fièvre.

— Ne sois pas idiot, Mitchell. Malgré tout ce que tu peux penser de lui, il s'est montré très gentil avec moi. Plus gentil que toi, serais-je tentée d'ajouter.

— De quoi tu parles ? Je suis là, non ? Pour te tenir compagnie et t'empêcher de t'ennuyer.

— Et ces cinq dernières années ? lui demanda-t-elle sèchement.

— J'étais occupé ? proposa-t-il sur un ton plein d'espoir.

— Occupé à te taper des morues. Et si tu m'as de nouveau adressé la parole, c'est uniquement à cause de Jag. Au moins, lui, il n'a jamais bousculé qui que ce soit pour pouvoir m'échapper.

Mais Mitchell s'était rattrapé. Il était passé d'un extrême à l'autre et, pour une raison qu'elle avait encore du mal à saisir, ne voulait plus la quitter.

— On peut arrêter de parler de lui ? grommela-t-il.

Ho, ho. N'était-ce pas là une pointe de jalousie ? Amusant.

— Pourquoi ? J'aime bien parler de lui, me rappeler à quel point il est beau et fort. Quels beaux yeux il a. Oh, et il fait ce truc de dingue…

Elle reçut un oreiller sur la tête et entendit Mitchell se mettre à grogner.

— Ça suffit. Tu l'aimes bien. J'ai compris. À présent, changeons de sujet.

— Tu es jaloux, Mitchy ? le nargua-t-elle en repoussant l'oreiller.

— Bien sûr que non.

Il ne savait pas mentir. Elle sourit pour elle-même.

— Très bien. On ne parle plus de Jag et on ne dit plus que c'est un type merveilleux. Qu'est-ce que tu veux faire, plutôt ? demanda-t-elle en se tournant sur le dos avec d'infinies précautions.

La plaie s'était refermée et était en train de cicatriser, mais elle n'en demeurait pas moins sensible. Avec une main, Mitchell l'aida à se redresser, tandis qu'il remettait les oreillers en place avec l'autre.

— Tu veux encore jouer aux cartes ? demanda-t-il.

Quand il eut terminé de se prendre pour une aide-soignante, il se recoucha sur le dos.

— Non. Et je te jure que si tu continues, je vais te fourrer l'as quelque part, et tu risques de ne pas trop aimer.

— Grincheuse. Tu veux regarder la télévision ?

— Il est 11 heures du matin, il n'y a que des talk-shows et des rediffusions. Non merci.

Elle se moquait de savoir qui était le père du bébé de l'adolescente. Sérieusement, comment pouvait-on supporter de telles émissions ? Quant au *Juste Prix*, n'en parlons pas.

— D'accord, grincheuse. Qu'est-ce que tu veux faire, alors ?

— Jouer à « Action ou Vérité », lança-t-elle sans même réfléchir.

Elle s'attendit à ce qu'il décline aussitôt sa proposition. Mais, une fois encore, il la surprit.

— D'accord, rouquine. C'est parti. Moi d'abord.

Elle le regarda en fronçant les sourcils.

— Pourquoi ce serait toi qui commencerais ? C'est moi qui ai eu l'idée.

Il prit un petit air suffisant.

— Ce qui signifie que c'est moi qui commence. À moins que tu veuilles qu'on fasse un bras de fer pour se départager ?

Il était sérieux ?

— Pauvre type. Vas-y, pose-moi ta question. Je n'ai rien à cacher.

Il sourit.

— Parfait. Alors, qu'est-ce que tu préfères, rouquine ? Action ou vérité ?

— Vérité.

Elle le fusilla du regard.

— Tu vas vraiment permettre au fauve de s'installer chez toi et de partager ton lit ?

— Oui. Il cuisine très bien, et j'ai bien aimé dormir avec lui. Toute la nuit. C'est lui qui s'est plaint que je prenais toute la place et toutes les couvertures.

Elle lui adressa un sourire innocent, sans tenir compte de son regard noir.

Il poussa un grondement.

— Tu n'as pas répondu à la question. Tu sais très bien que ce n'est pas ce que je te demandais.

— Alors, la prochaine fois, pose-moi une question plus précise, parce que là, j'ai parfaitement répondu. À moi. Action ou vérité ?

— Vérité.

Elle gloussa.

— Oh, quel courage ! D'accord, alors réponds à ça : me considères-tu encore comme ta sœur ?

Elle n'y était pas allée par quatre chemins. Retenant son souffle, elle attendit sa réponse.

Il l'examina minutieusement et lui répondit lentement.

— Non. Je ne te considère absolument plus comme ma sœur.

Elle sentit son cœur se mettre à battre plus vite attendant qu'il en dise davantage, mais il se contenta d'un :

— Action ou vérité ?

— Vérité.

— Tu l'aimes, le fauve ?

Le caractère abrupt de la question la fit ciller, et elle ne répondit pas immédiatement. Il allait falloir qu'elle soit franche, même en sachant que cela n'allait pas lui plaire.

— Je suis presque certaine que c'est le cas.

Il garda une expression neutre, même si elle le sentit se crisper de tout son être.

— Tu vas accepter qu'il te marque ?

— C'est à mon tour de te poser une question, dit-elle pour essayer de gagner du temps. Action ou vérité ?

— Vérité.

— Tu es venu ici uniquement pour me protéger ?

— Non.

Comme il ne donnait pas plus de détails, elle lui lança un regard mauvais. Il se contenta de sourire, le con.

— J'ai pris ma revanche. À mon tour. Action ou vérité ?

Connaissant déjà la question, elle préféra l'éviter.

— Action.

Il haussa les sourcils.

— Ah, tu veux jouer à ça, hein ? Trouillarde. Très bien, je te mets au défi d'aller dire à Naomi qu'elle est grosse.

Elle gloussa.

— Je l'ai déjà fait ce matin, quand tu étais dans la salle de bains. Elle m'a rétorqué que j'avais l'air de sortir d'un camp de concentration. Allons, tu peux trouver mieux que ça.

— Très bien, petite futée. Tu veux quelque chose de plus difficile, alors ? Parfait. Embrasse-moi.

— Sérieux ? C'est un jeu d'enfant, mais, pour épargner mon dos, ça t'embêterait de te pencher pour que je puisse t'atteindre ?

Il prit un air chagriné, et elle faillit éclater de rire en le voyant se pencher vers son visage.

— Si tu veux changer d'avis, il est encore…

Elle le réduisit au silence en plaquant sa bouche contre la sienne et, cette fois, les idées claires, le corps reposé, elle trouva sans l'ombre d'un doute que c'était aussi bon que dans ses souvenirs. Elle se mit à lui mordiller la lèvre, satisfaite de sentir les battements de son cœur s'accélérer et de l'entendre respirer avec de plus en plus de difficulté. Ce fut le premier à se retirer. Le regard brillant de désir, les veines du cou saillantes, il avait du mal à déglutir, mais il parvint à se maîtriser. En jetant un rapide coup d'œil à ses mains, elle constata qu'il avait serré les poings. Il persistait à refuser de se laisser aller, semblait-il. Quel dommage. Elle se demanda jusqu'où il allait falloir le pousser pour qu'il cède.

D'une voix rauque, elle déclara :

— À moi. Action ou vérité ?

Le voyant s'humecter les lèvres, elle se sentit submergée par une vague de désir, comprenant à quel point elle convoitait cette langue, que ce soit dans sa bouche, sur sa peau ou en elle. Mais Mitchell n'était pas Alejandro. Il allait lui falloir plus de force de persuasion.

— Action ? dit-il d'un air inquiet, à juste raison.

Lui adressant un sourire diabolique, elle désigna son pantalon de survêtement, à hauteur de l'entrejambe.

Le voyant froncer les sourcils d'incompréhension, elle se fendit d'un large sourire.

— Je veux que tu mettes ta bouche là et que tu souffles.

— Tu as perdu la tête ?

— Il paraît. Quel est le problème ? Tu refuses d'exécuter une « action » ? Mauviette ! Jag l'aurait fait en un clin d'œil.

— Mais quelqu'un pourrait entrer. Et tu es blessée. Et…

Elle leva les yeux au ciel.

— Je commence vraiment à croire que ce qu'on dit sur toi au lit est complètement infondé. Enfin… Oh !

Elle poussa un petit cri de surprise quand il plongea entre ses cuisses, sa bouche contre son sexe. Il se mit à souffler et, même à travers son jogging, elle ressentit la chaleur de son expiration. Et il ne se contenta pas de ne le faire qu'une fois. Non, il garda la bouche pressée contre elle, respirant contre son pantalon, ce qui commença à exciter sérieusement la jeune femme. Elle avait l'impression de se mettre à fondre de désir. Et elle en redemandait.

Prise de frissons, elle poussa un long gémissement, suivi d'un autre quand il commença à remuer les lèvres, comme s'il cherchait à la pincer à travers le tissu. Elle le saisit par les cheveux et fit abstraction de sa blessure douloureuse, continuant à presser ses hanches contre son visage.

— Téléphone pour toi… Eh, gros pervers, c'est mon lit, ça ! s'écria Naomi d'une voix aiguë à l'intention de son frère.

Comme s'il venait de recevoir un seau d'eau glaciale, il roula hors du lit, le désir se lisant encore sur son visage malgré ses joues rouges de honte. Comme d'habitude, il s'emporta et rejeta la faute sur quelqu'un d'autre.

Désignant Francine du doigt, il se mit à bégayer.

— C'est elle qui m'a forcé. Elle m'a mis au défi. C'est contre elle qu'il faut que tu t'énerves.

Sa sœur se tourna vers elle en souriant.

— Action ou vérité ?

— Bien sûr. Cet idiot a cru qu'il pourrait me battre.

Elles se mirent toutes les deux à ricaner tandis que Mitchell les regardait de travers.

— Tu es juste venue nous engueuler ou tu voulais nous dire quelque chose ? gronda-t-il.

— Ah oui, téléphone pour Francine. (Elle se dirigea vers le lit en se dandinant et lui tendit le combiné.) C'est Alejandro. Enfin, Jag. Ce qui, je dois reconnaître, est le surnom le plus cool que j'aie jamais entendu. Javier refuse de l'admettre, mais il est tellement jaloux.

— Ce n'est pas vrai, beugla l'intéressé depuis le couloir.

— Ne t'inquiète pas, je suis sûre qu'on finira par te trouver un joli nom de chat, comme Sylvestre, ou Tom, lui répondit-elle sur le même ton en souriant. Apparemment, je n'ai pas le droit de l'appeler « Dieu » en public, alors que ça ne lui pose aucun problème en privé.

Ethan surgit dans la chambre en secouant la tête et en soulevant son âme sœur.

— Toutes mes excuses pour sa langue bien pendue. Avec sa grossesse, les hormones la rendent encore plus cinglée que d'habitude.

— Oh, mon gros nounours ! le railla-t-elle.

— Oui, ma petite fleur fragile ? répondit-il d'un ton placide avant de sortir en la portant dans ses bras.

— N'essaie pas de m'amadouer. Je t'en veux de m'avoir traitée de cinglée. Je préfère qu'on dise que je suis directe.

Francine se mit à glousser. Elle adorait voir son amie si détendue avec ses hommes. *Ce que j'aimerais pouvoir entretenir la même relation avec les miens.* Elle en avait presque oublié le téléphone dans ses mains, mais un timide « Allô ? » la ramena à la réalité. Elle porta le combiné à son oreille.

— Alejandro ! Ça va ?

— Salut, ma belle. Je t'ai manqué ?

— Plus que tu le mérites, dit-elle avec le sourire, ravie qu'il l'ait appelée.

Mitchell retourna sur le lit.

— C'est le fauve ? Demande-lui s'il a réussi à mettre la main sur le chasseur.

— Dis au loup que pas encore.

— Il t'a entendu. Mais tu ne m'as pas répondu : ça va ? Quand vas-tu revenir ?

Le fait d'entendre sa voix l'apaisait énormément. Il ne l'avait pas oubliée.

— Ça va. Même si je me sens un peu seul et en manque. Le chasseur a pris la route pour rentrer chez lui, je le suis. J'espère pouvoir le coincer ce soir, ce qui signifie que je devrais pouvoir rentrer demain dans la journée, après-demain au plus tard. Et toi ? Comment va ton dos ?

— De mieux en mieux, mais je n'ai le droit de rien faire, grommela-t-elle.

— Ah, ma pauvre. Je vais essayer de rentrer au plus vite pour trouver différents moyens de te distraire.

Elle esquissa un sourire en l'entendant glousser, car elle comprenait aisément ce qu'il voulait dire.

— Gros cochon, dit-elle doucement.

Il éclata de rire.

— Toi aussi, tu me manques. Comment ça se passe, avec le loup ?

— Ça se passe.

— Je dois dire que je suis assez surpris qu'il n'ait pas profité de mon absence pour franchir le pas.

Jetant un coup d'œil à l'intéressé, qui faisait mine de ne pas écouter leur conversation, elle déclara :

— Il y a du progrès.

— En d'autres termes, il traîne des pieds au lieu de tenter de te séduire. L'idiot. Il vaudrait mieux qu'il se dépêche, parce qu'à mon retour, tu risques d'être occupée pendant au moins toute une journée.

Cela arracha un grondement à Mitchell, qui descendit du lit. En fait, il quitta même la pièce, droit comme un I.

Elle soupira.

— J'en déduis qu'il est parti ?

— Bien sûr. On progresse, mais il n'est pas encore prêt à admettre ses sentiments pour moi, même si, chaque fois que je fais allusion à toi, il devient vert de jalousie.

— Il t'a embrassée, déjà, au moins ?

Francine se mit à rougir, ne sachant pas vraiment quoi lui répondre. *Euh, comment fait-on, exactement, pour avouer à son mec qu'on s'est laissé embrasser par un autre ?*

— Ton silence est éloquent. Je ne le crois pas : on dirait bien que tu vas finir par arriver à tes fins, ma belle.

Elle était stupéfaite par la teneur surréaliste de la conversation.

— Comment fais-tu pour rester si calme ? Merde, tu es même en train de me pousser. La plupart des mecs auraient… piqué une crise de jalousie depuis bien longtemps.

— Pour courir le risque de te perdre ? Non merci. Je ne suis ni stupide ni aveugle. Tu as envie de lui depuis toujours. Si je t'avais demandé de choisir entre lui et moi, il est peu probable que j'aurais gagné. Il n'aurait pas été très malin de ma part de jouer au crétin jaloux, comme un certain loup que je ne nommerai pas, puisque je sais qu'une relation à trois peut parfaitement fonctionner. Il suffit de regarder Naomi et ses hommes. Je ne vois pas pourquoi on ne pourrait pas en faire autant. Mais ne me fais pas dire ce que je n'ai pas dit : quelque part, je rêve de pouvoir l'étrangler et le jeter du haut d'une falaise mais, en fin de compte, c'est ce que tu veux qui prime. Je ne dis pas qu'il ne faudra pas faire d'ajustements, mais je garde espoir. La grande question, c'est de savoir si Mitchell tiendra le choc.

Consciente de son caractère obstiné, elle soupira.

— C'est peu probable.

— Ne sois pas si défaitiste, ma belle. Le destin ne nous aurait pas choisis tous les deux s'il pensait que ça n'allait pas fonctionner. Mais je crois que ce sera plus facile pour tout le monde s'il t'a déjà faite sienne à mon retour.

Parce que peu importe ce qu'il croit et ce qu'il veut, je ne vais pas attendre indéfiniment avant de te marquer.

— Tu crois que je vais te laisser faire ? le taquina-t-elle, même si elle savait pertinemment qu'elle accepterait volontiers de lui appartenir – probablement dès qu'ils se retrouveraient nus.

— Tu oublies que je sais où se trouvent tes zones érogènes.

— Tu me manques, chuchota-t-elle au moment même où Mitchell refaisait son apparition dans la chambre avec deux canettes de soda.

— Toi aussi, ma belle. Dis à Mitchell de t'embrasser pour moi, et tiens-toi prête pour demain. Tâche de rêver de moi.

— À bientôt.

Elle raccrocha d'un air attristé, Alejandro ayant indéniablement laissé son empreinte dans son existence, même après si peu de temps.

S'accroupissant à côté du lit, Mitchell déposa les canettes sur la table de chevet et l'examina attentivement.

— Ça va ?

— Ouais. Il est sur le point de rattraper le type et devrait être de retour demain.

— C'est tout ?

— Eh bien, hormis le fait que je lui manque et qu'il meurt d'envie de me marquer, c'est à peu près tout. Oh, et il m'a demandé de te dire de m'embrasser pour lui, dit-elle d'un air polisson.

— D'ordinaire, j'aurais expliqué au fauve où il peut se carrer ses ordres, mais je crois que, cette fois, je vais lui obéir, marmonna-t-il.

Il lui fit pencher la tête en arrière pour l'embrasser, mais elle leva la main pour l'en empêcher.

— Tu es certain de vouloir le faire ? À son retour, il va me marquer.

— Et ?

Elle poussa un grognement.

— Très bien. Puisque tu m'obliges à te poser la question : quelles sont tes intentions envers moi, Mitchell ?

— On ne peut pas simplement s'embrasser ?

— Et dire que c'est toi qui traites Jag de séducteur ! Au moins, lui me propose un avenir.

Se hissant sur le lit sans manquer de la bousculer au passage, il s'étendit sur le dos et croisa les mains derrière la tête. Puis il poussa un profond soupir.

— Mes intentions ? Franchement ? Je n'en sais rien, rouquine. Quelque part, j'ai tellement envie de toi que ça fait mal.

— Tu n'as qu'à aller te faire du bien dans la douche.

Il lui lança un regard noir, ce qui la fit sourire.

— Pas uniquement ce genre de douleur, vicieuse. Et, pour ton information, sache que j'ai déjà essayé un nombre incalculable de fois, et que ça ne sert à rien.

— Oh. (Elle manqua de s'étrangler en l'entendant admettre de manière détournée qu'il avait envie d'elle.) Quel est le problème, alors ?

— Tu envisages de te laisser marquer par ce félin et de lui appartenir.

Elle n'avait pas l'intention de lui mentir, pas sur un sujet aussi important.

— Oui. Ce qui ne signifie pas que je ne veux pas de toi. J'ai toujours autant envie d'être avec toi, Mitchell.

Il laissa échapper un nouveau soupir, donnant l'impression de se dégonfler.

— Et je me rends compte que, moi aussi, j'ai de plus en plus envie d'être avec toi, même si, quelque part, j'ai encore tendance à associer la jeune femme sexy que tu es devenue avec la fillette que je connaissais. Mais c'est de moins en moins le cas. Ce que je me demande, c'est si je vais pouvoir partager. L'idée d'un plan à trois… Pour être franc, je dois reconnaître que ça me rend dingue.

Génial. Mitchell reconnaissait enfin qu'il avait des sentiments pour elle. Et qu'il la trouvait sexy, ce qui était absolument super. Et voilà qu'elle le faisait fuir parce qu'elle était tombée amoureuse d'un autre. Pourquoi sa vie amoureuse était-elle si compliquée ?

Elle posa la main sur sa cuisse.

— Personne ne dit que si vous couchez tous les deux avec moi vous serez obligés de faire des trucs entre vous. Certains le font et d'autres non…

— Qu'est-ce que tu y connais en ménages à trois ?

Elle esquissa un sourire.

— J'ai connu d'autres personnes avant Naomi qui se sont retrouvées dans ce cas-là. En fait, ma tante Belinda avait même trois âmes sœurs. Mon arrière-grand-mère

Josephine en avait deux. On peut dire que c'est monnaie courante, dans la famille. Et même si ma mère me couvrait les oreilles chaque fois que ma tante décidait de relater quelque exploit particulièrement osé, mon arrière-grand-mère restait plutôt prude, malgré sa situation. Mes arrière-grands-pères avaient chacun leur propre chambre et, d'après ce que j'en ai compris, ils faisaient ça à tour de rôle. Bon sang, ils avaient même un calendrier avec un emploi du temps… J'ai mis des années à comprendre à quoi il servait.

— C'est dingue.

— Peut-être pour certains, mais ça fonctionnait très bien pour eux. Et ça pourrait peut-être marcher pour nous aussi. Jamais je ne te forcerai à faire quelque chose qui te dérange. Si le fait d'être avec toi, ça signifie uniquement avoir des orgasmes torrides en tête à tête, je crois que je saurai m'en satisfaire. (Elle lui adressa un sourire.) Tu vois ? Je ferai n'importe quoi pour être avec toi.

— Je l'avais compris. L'odeur du chewing-gum à la pastèque me fait toujours autant frémir.

Elle lui donna un coup de poing dans la cuisse.

— Imbécile. Ce n'est pas vraiment le moment de me rappeler comment tu as fichu en l'air tous mes rêves de petite fille.

— Et quels sont tes rêves d'adulte ? lui demanda-t-il en prenant son poing dans la main.

Elle se figea.

— Mon fantasme, qui, je dois le reconnaître, a récemment subi une légère mise à jour, c'est d'être avec deux hommes aussi merveilleux que différents, qui seraient aux petits soins pour moi et qui accepteraient de me faire des trucs complètement dingues.

— Et si je ne voulais te faire que des choses normales ?

— Tant que tu te sers de ta langue et de ta queue, je crois que je peux m'en satisfaire.

— Comme tu peux être vulgaire, Francine.

— Oh, ne sois pas si prude. N'oublie pas que je t'ai longuement espionné quand tu étais plus jeune, et il t'est arrivé de dire des choses bien pires que celles-là.

— Tu mériterais une bonne fessée, gronda-t-il.

— Comment se fait-il, Mitchell, que je n'aie jamais deviné que tu étais un gros pervers ? lui rétorqua-t-elle en battant des cils.

Il se couvrit le visage avec les mains en poussant un gémissement.

— Pourquoi moi ?

Cela la fit glousser.

— Oh, reconnais-le. Au moins, avec moi, tu ne risques pas de t'ennuyer.

— Tu as raison, mais je sens qu'il y a des coups de poing qui vont se perdre, si tu insistes pour rester avec ce fauve.

— Tu t'en remettras. D'ailleurs, imagine comme ce sera amusant quand je t'embrasserai sur tes bobos.

— Tu as vraiment réponse à tout, hein ?

Se tapotant le menton avec son index, elle fit mine de réfléchir.

— Oui. Oui, je crois bien. Mais toi, poursuivit-elle en le regardant fixement, tu as toujours une excuse pour n'avoir réponse à rien.

— Très bien. Disons que je, euh… que je te marque. Et le séducteur aussi. Tu crois vraiment que ça pourrait fonctionner ? demanda-t-il avec beaucoup de scepticisme. Je ne sais pas si je parviendrai à me retenir de le tuer quand je le verrai te toucher.

— Raison pour laquelle on peut faire exactement comme mon arrière-grand-mère. Bon, d'accord, dit comme ça, ça peut paraître bizarre.

Il pouffa de rire.

— Quoi, ça ne te plaît pas d'imaginer ton arrière-grand-père en train de pourchasser ton arrière-grand-mère dans la cuisine pendant que ton autre arrière-grand-père observe la scène en attendant son tour ?

Elle fit une moue dégoûtée.

— Ça m'excite autant, j'en suis sûre, que pour toi le fait de voir ton père en train d'entreprendre ta mère sur la table de la salle à manger.

— Ils n'ont jamais fait ça, répondit-il d'un ton catégorique.

Elle haussa un sourcil.

— Oh, vraiment ? Va dire ça à Naomi, qui a été obligée d'enfiler des gants en caoutchouc pour effacer les traces de fesses.

Elle se fendit d'un sourire triomphant en le voyant blêmir.

— On peut changer de sujet ?

— Bien sûr. Il me semble qu'on en était à envisager de composer un emploi du temps pour que je puisse vous avoir tous les deux dans ma vie.

— Si je décide de te marquer. J'hésite encore.

Elle lui donna un coup de coude, lui arrachant un petit cri.

— Cesse de mentir ou je dis à ta mère de te laver la bouche avec du savon.

— Ce que tu peux être chiante, parfois, grommela-t-il.

— Ça fait partie de mon charme. Reconnais que ça te plaît.

— Jamais de la vie.

— Menteur. Tu préfères le savon de Marseille ou le savon noir ?

— D'accord, d'accord. C'est parfois amusant. Tu es contente ?

— Oui, répondit-elle en lui adressant un sourire rayonnant. Alors, que penses-tu de mon idée ?

— C'est la conversation la plus débile que j'aie jamais eue. Je présume que tu parles de ta suggestion d'être avec toi à tour de rôle ? Tu serais partante, toi ?

— S'il faut en passer par là pour que je puisse vous avoir tous les deux, alors, oui. Je peux faire des compromis. J'ai envie de t'avoir auprès de moi, Mitchell. Ça fait des années que j'en rêve. Même si je n'avais jamais imaginé que je devrais te partager avec quelqu'un d'autre, surtout un homme.

— D'accord, ça a un côté dégoûtant quand tu le dis comme ça.

Elle éclata de rire.

— Tu vois très bien ce que je veux dire. Mais ça ne dépend que de toi. Alejandro va me marquer dès son retour.

— S'il revient.

— Dès son retour, réaffirma-t-elle. La seule question désormais en suspens, c'est de savoir si toi, tu vas également vouloir me marquer.

— Je…

Il s'interrompit. L'air confus, il fronça les sourcils, même si le désir se lisait dans son regard. Et dans son pantalon. Oh, oui, un véritable chapiteau.

— Dis-le, le poussa-t-elle. Je ne mords pas. Pas fort. Et pas avant que tu me l'aies demandé.

— Je…

Un cri aigu retentit.

— Naomi ! s'écrièrent-ils à l'unisson, lui avec un soupçon de soulagement.

Mitchell aida Francine à se lever et la soutint, franchissant la porte de la chambre avant de se diriger vers le salon, où Naomi faisait les cent pas, fulminant comme jamais.

— Putain, ce n'est pas croyable ! Comment ose-t-elle ? Cette… pute ! Cette salope de morue ! Je vais l'égor… Oh, salut, Francine. Qu'est-ce que tu fais debout ? Tu étais censée rester au lit.

L'amie de Francine, qui avait présentement l'air d'une possédée, se fendit de son sourire le plus faux, prétendant se montrer rassurante, malgré son regard étincelant de rage. La blessée, se laissant tomber sur le canapé en prenant soin d'éviter de s'appuyer sur le dossier, ne voulut rien entendre.

— Qu'est-ce qui t'arrive ? On a mis un scorpion dans ta culotte ?

— Je n'en porte pas.

— Beurk ! s'exclama Mitchell.

— Oh, la ferme, renifleur de chattes, gronda sa sœur. On ne te parle pas, à toi.

— Sois gentille, un peu, Naomi ! intervint Javier d'un ton ferme. Ce n'est pas sa faute si tu es contrariée. D'ailleurs, tu sais très bien qu'il va piquer une crise quand il va finir par le découvrir. On va bien s'amuser !

— Quand je vais découvrir quoi ? voulut savoir Mitchell en s'asseyant sur le bras du canapé, à côté de Francine.

— Cette putain de morue de salope de…

Javier plaqua sa main sur la bouche de son âme sœur pour la faire taire, ne parvenant pas vraiment à dissimuler sa grimace quand elle le mordit.

Ethan secoua la tête.

— Elle est un peu contrariée.

— Ah bon ? Qu'est-ce qui te fait dire ça ? demanda Francine d'une voix traînante, se demandant ce qui avait pu mettre son amie dans cet état.

Sans doute s'agissait-il encore d'une de ces groupies qui avait tenté de faire du plat à l'un de ses hommes. Si près du terme, avec toutes ces hormones, tout prétexte était bon pour piquer une crise de jalousie.

Toutefois, Javier réduisit aussitôt son hypothèse à néant :

— Ce n'est pas le chasseur qui a tenté d'abattre Mitchell qui a tiré sur Francine.

« Fou de rage » était un euphémisme pour décrire l'état de Mitchell quand il apprit de qui il s'agissait. Cela fit plaisir à Francine de le voir dans un tel état. Et encore plus à sa louve. Toutefois, quand on lui révéla que quelqu'un était allé chez elle pour saccager sa maison, elle perdit aussitôt son sang-froid. *Des têtes vont tomber !*

Chapitre 10

Agacé, Alejandro était impatient de rentrer chez lui – son nouveau chez lui, qu'il avait découvert dans les bras de Francine. Pendant deux jours, il avait suivi la piste du chasseur. Il l'avait d'abord manqué de quelques minutes au motel crasseux dont il avait découvert l'adresse sur un reçu accroché à une branche de l'arbre sur lequel l'enfoiré s'était perché. Avec un peu de persuasion, c'est-à-dire un joli sourire, il était néanmoins parvenu à convaincre la réceptionniste de lui révéler non seulement la plaque d'immatriculation de son véhicule, mais aussi son modèle et sa couleur, informations que Javier aurait pu lui fournir, s'avéra-t-il, s'il s'était donné la peine de lui poser la question avant de s'enfuir comme un voleur. Quelle surprise, le chasseur était au volant d'un énorme pick-up rouge. *Crétin de péquenaud.* Presque tout le monde croyait que les États-Unis avaient le monopole des ploucs. Mais il était bien placé pour savoir que le Canada avait son lot de rustres agressifs qui tiraient sur tout ce qui bougeait. Cependant il était bien obligé d'admettre que leurs filles étaient de sacrés bons coups.

Il s'était lancé sur la nationale, l'employée lui ayant signalé que l'homme rentrait chez lui pour aller s'occuper de sa fille. Sur sa moto, il lui était des plus aisé de se faufiler au milieu du trafic, ralentissant de temps à autre afin d'éviter les inévitables radars. En fin d'après-midi, il avait rattrapé sa proie. Il avait eu envie de remercier l'enfoiré d'avoir une voiture si facilement repérable, affublée d'un autocollant de plouc sur lequel était inscrit : « Continue de klaxonner, connard, je charge mon flingue. » Il avait eu l'intention de le suivre jusqu'à ce qu'il s'arrête pour faire le plein, pour manger ou pour dormir, mais sa moto s'était mise à vibrer, ce qui l'avait obligé à faire une halte pour s'occuper de sa crevaison. Par chance, le conducteur de la dépanneuse connaissait un garage où il avait pu changer de pneu avant de reprendre la route, mais il avait perdu deux précieuses heures. Pire, il avait perdu la trace du bouseux. Jusqu'à présent, ce dernier avait suivi un trajet rectiligne, sans quitter la nationale qui menait droit chez lui. Alejandro avait misé sur le fait que l'imbécile conserverait la même stratégie, ce qui signifierait qu'il pourrait l'intercepter devant chez lui dans la matinée.

Épuisé et le visage fouetté par le vent et une légère pluie qui s'était mise à tomber, il avait préféré s'arrêter dans un motel en bordure de la nationale, plutôt que de risquer l'accident. Coup de chance, il remarqua la présence de l'imposant pick-up rouge vif sur le parking.

Merci beaucoup, dame Chance, pour ce coup-là.

Il huma l'air autour du véhicule pour s'assurer qu'il s'agissait bien de celui de sa proie. Il perçut des résidus de senteur d'ours, l'odeur du chasseur et la saveur piquante de sa fille – qui était la dernière dont il avait flairé la féminité avant de faire la connaissance de Francine.

Défonçant la porte de la chambre du motel d'un simple coup de pied, il surprit le chauve qui se prélassait sur son lit, devant la télévision. Poussant un juron, le chasseur rondelet se laissa tomber du lit, à la recherche de son blouson, dans lequel se trouvait son arme. Comme si cela aurait pu arrêter le métamorphe.

Furieux, non à cause de la témérité de l'humain, mais à cause de ce qu'il avait fait à son âme sœur, Alejandro traversa la pièce d'un bond et le débarrassa de son pistolet d'un coup dans la main. Son avant-bras contre la gorge de l'homme, il poussa ce dernier contre le mur puis le souleva de terre jusqu'à ce que celui-ci se mette à suffoquer, cherchant désespérément à lui saisir le bras.

Alejandro retroussa les lèvres en un rictus cruel, révélant ses dents.

— Putain de connard. On fait moins le malin, sans son arme, hein ? Je peux te pardonner d'avoir tiré sur le loup. Il m'est moi-même arrivé d'en avoir très envie. Mais tirer sur une femme dans le dos à travers une fenêtre ? Pour ça, tu peux faire tes prières.

Le chasseur tenta vainement de secouer la tête en signe de dénégation. Curieux de savoir quelle excuse lamentable l'enfoiré allait trouver, il réduisit la pression pour le laisser prononcer ses dernières paroles avant de le tuer.

— Ce n'est pas moi ! s'indigna d'une voix rauque l'humain en nage.

Alejandro esquissa un sourire glacial.

— Tu nies avoir tiré sur le loup et la rouquine ?

— J'ai tiré sur le loup, mais je suis parti juste après. Je n'ai tiré sur personne d'autre.

L'homme ayant l'air vraiment sincère, Alejandro fronça les sourcils. Ôtant son bras, il libéra sa proie. Pris d'une quinte de toux, le type s'écroula lourdement et porta la main à sa gorge.

— Raconte-moi ce que tu as fait en commençant par le début, quand tu m'as suivi. Tu sais ce que je suis.

Il acquiesça.

— Je vous ai vu dans les bois, derrière chez moi. Vous n'êtes pas humain.

— Sans déconner. Alors, ça te donne le droit de me suivre et de menacer la vie de mes proches ?

— Vous avez dragué ma fille, répondit le péquenaud en s'asseyant, haletant.

— Elle a vingt-cinq ans, putain. Elle aussi m'a dragué.

Le chasseur devint écarlate.

— Ça reste ma petite fille chérie, et ça m'a fait sacrément chier d'apprendre qu'elle avait couché avec un animal.

— Alors tu as essayé de suivre ma piste.

— Je n'ai pas essayé, j'y suis très bien arrivé. J'ai découvert où vous habitiez, et je vous ai vu partir. Je vous ai suivi.

— Sur une sacrée distance, putain.

— Ouais, ça, j'étais plutôt furieux.

— Et ensuite ?

L'humain haussa les épaules.

— Je vous ai vu entrer dans cette maison où il y a la femme enceinte. J'ai surveillé la baraque pendant plusieurs heures, mais il a fallu que j'aille chercher de quoi manger, et je suis parti un court instant. À mon retour, vous étiez parti. J'ai failli rentrer chez moi, ce soir-là, mais j'ai appelé ma fille, et elle était sacrément en pétard contre moi.

— Tu es donc revenu le lendemain ?

— Pas tout de suite. J'ai hésité à rentrer chez moi. J'ai conduit un moment, mais ma fille m'a rappelé. Elle m'en voulait tellement que je suis retourné vous surveiller. Mais vous n'êtes pas venu. Je m'étais un peu plus préparé, cette fois. Je me suis trouvé une bonne planque dans un arbre, et puis ce putain de loup s'est pointé.

— D'accord, je crois que je connais la suite. Tu as tiré sur le loup, tu t'es barré, et puis tu m'as retrouvé le lendemain matin, c'est ça ?

— Non. En m'enfuyant, j'ai entendu tous ces putains d'animaux qui s'étaient lancés à ma poursuite. Je me suis alors enfermé dans ma putain de bagnole, et je suis parti.

— Pas très loin, parce que, voilà, j'ai réussi à te rattraper. Tu t'es peut-être arrêté sur la route. Pour tirer sur quelqu'un, par exemple.

— Non. Je me suis bourré la gueule. Après, je me suis endormi. Ensuite, j'ai appelé ma fille, et elle m'a appris qu'elle était allée dans le putain de ranch de vos parents pour les prévenir que j'étais à votre poursuite et qu'elle ne pouvait plus partir.

— Ma famille l'a retenue prisonnière ?

Cette nouvelle l'étonna au plus haut point.

L'humain croisa les bras et se renfrogna.

— D'après elle, non. Apparemment, c'est elle qui ne veut pas partir. Je lui ai donc demandé de parler à quelqu'un, et elle m'a passé votre frère Ignacio, qui m'a dit qu'ils étaient ensemble, désormais, et que si je voulais la revoir, j'avais intérêt à ramener ma fraise chez lui.

— Je vois.

Alejandro grimaça, se demandant comment Ignacio avait pris le fait qu'il avait déjà couché avec son âme sœur. Il ne devait guère être ravi. Le repas de Noël allait être intéressant, c'était une certitude.

— Quand j'ai raccroché, j'ai repris la route pour rentrer. Qu'est-ce que j'aurais pu faire d'autre ? Felicia est tout ce que j'ai au monde. Et je ne peux pas aller vous tuer, vous et vos amis, si elle est retenue en otage.

Alejandro aida l'homme à se relever et l'étreignit.

— Qu'est-ce que vous foutez, bordel ? demanda-t-il d'un ton paniqué.

— Je vous souhaite la bienvenue dans la famille, naturellement, lui expliqua-t-il avec un ricanement en le libérant.

— Comment ça ?

— Félicitations, votre fille est à présent en couple avec un animal. Mon frère. Et, croyez-moi, je suis un petit chat d'intérieur, à côté de lui.

— Vous n'allez pas me tuer ?

— Pour que mon frère se lance à ma poursuite pour faire plaisir à son âme sœur ? Non. D'ailleurs, tout ce que vous avez fait, c'est de tirer sur un chien galeux. Personne ne peut vous en vouloir.

Soudain, au moment où il prononça ces paroles, la sonnerie de son téléphone retentit.

Répondant à l'appel de Javier, il lui apprit la nouvelle :

— Ce n'est pas ce chasseur qui a tiré sur Francine.

Et il lui fallait retourner dès que possible la protéger de celui qui était encore dans la nature.

— On est au courant.

— Vraiment ? Et qui c'est ? Il faut que j'aille régler son compte à cet enfoiré.

— C'est une femme.

— Pardon ?

Alejandro se laissa tomber sur un siège, tandis que le chasseur, et nouveau membre de sa famille, se précipitait vers la salle de bains pour s'y enfermer.

— Chris est allé chez Francine, ce matin…

— Et tu ne m'appelles que maintenant ? s'écria-t-il.

— On était occupés. Mais tu veux savoir ce qui s'est passé, ou pas ?

— Très bien. Mais il faut que tu fasses quelque chose pour améliorer ta communication, frangin, parce que ça fait deux fois que je me fais avoir.

— Ouais, je sais. Mais crois-moi, ma petite femme m'a passé un savon, et il a fallu que je l'écoute. Quoi qu'il en soit, j'étais en train de t'expliquer que Chris était allé chercher des affaires chez Francine, ce matin. Et il a trouvé sa maison dévastée, avec le mot « pute » inscrit sur tous les murs.

— Oh, merde. Laquelle de mes tarées d'ex a pu faire ça ? geignit-il en se prenant la tête dans les mains.

— Ce n'est pas une de tes ex, mais celle de Mitchell. Il semblerait que cette Jenny ait mal supporté qu'il la largue pour Francine. C'est elle qui lui a tiré dessus et qui a saccagé sa maison.

Il avait du mal à en croire ses oreilles.

— Et où est-elle, cette salope, maintenant ?

— Personne ne semble le savoir, mais on a demandé aux autorités métamorphes de se lancer à sa recherche avec les frères de Naomi.

— Que va-t-il se passer quand on l'aura retrouvée ? (Javier répondit par un long soupir.) On ne peut pas la laisser s'en tirer comme ça, gronda Alejandro. Il faut qu'elle soit sanctionnée. Elle a tiré sur Francine. Mon âme sœur.

— Pas encore tout à fait.

— Ne joue pas sur les mots avec moi. Je veux que justice soit faite.

— Elle va être punie, mais tu sais très bien qu'ils ne la condamneront pas à mort. D'autant plus que Francine s'en est remise.

— J'ai une idée : pourquoi est-ce qu'on ne lui tirerait pas dans le dos, nous aussi ? Pour voir si ça lui plaît.

Son félin intérieur fut ravi de cette réplique sarcastique, lui qui exigeait encore qu'il venge le mal que l'on avait fait à son âme sœur.

— On croirait entendre Naomi.

— Je savais qu'on s'entendrait bien, ta petite femme et moi. Comment Francine l'a-t-elle pris ?

Était-elle en larmes, terrifiée, furieuse ?...

— Elle est morte de rire.

— Pardon ?

— Il faut le voir pour le croire. Ne te méprends pas, elle est en pétard, mais elle n'arrête pas de lancer des vannes, et de glousser comme si elle était droguée.

Il fronça les sourcils.

— Quel genre de vannes ?

Javier baissa d'un ton.

— Euh, alors, la première chose qu'elle a dite en apprenant l'identité de celle qui avait saccagé sa maison, ça a été : « Cette pute d'anorexique était sans doute à la recherche de cookies. » Alors, quand Mitchell lui a demandé : « Tu te rends compte que c'est elle qui t'a tiré dessus, rouquine ? », tu sais ce qu'elle a répondu, ta cinglée d'âme sœur ?

— J'ai bien peur que non, avoua Alejandro en se frottant l'arête du nez.

— Accroche-toi, elle a dit : « Eh, Naomi, si tu t'es fait tirer dessus parce que quelqu'un voulait tes hommes, moi, je me suis fait flinguer parce que j'ai piqué l'homme de quelqu'un. Dans ta face ! » Je crois qu'elle est encore en état de choc.

Il laissa échapper un gloussement, plus de soulagement que d'humour.

— Non, elle me paraît dans son état normal. Tiens-la à l'écart des ennuis, d'accord ? J'arrive. Oh, et ce chasseur que je poursuivais…

— Ouais ? Tu l'as trouvé ? Tu lui as réglé son compte ?

— Pas vraiment. Il fait partie de la famille désormais. Sa fille est l'âme sœur d'Ignacio.

— Sans déconner ! Merde. Je parie que maman est folle de rage.

Alejandro grimaça. Sachant ce que sa mère espagnole pensait des chasseurs, l'expression « folle de rage » devait sans doute être encore très éloignée de la réalité.

Après avoir raccroché, Alejandro jeta un coup d'œil autour de lui et se rendit compte que l'humain se trouvait toujours dans la salle de bains.

— Je m'en vais, là. Dites bonjour à toute la famille de ma part, d'accord ? dit-il d'une voix forte avant de quitter la chambre.

Quelle surprise, le chasseur ne répondit pas. Le repas de Noël allait être plus qu'intéressant. Mais il avait autre chose en tête, pour le moment.

J'arrive, Francine.

Malgré les protestations de ses amis, Francine avait insisté pour aller voir dans quel état se trouvait son domicile. Même si on lui avait tout expliqué, elle avait voulu constater les dégâts par elle-même. Dès qu'elle eut un aperçu du saccage, en franchissant la porte de chez elle, toutes les plaisanteries qu'elle avait faites pendant le trajet, du genre : « J'espère qu'elle n'a pas fait de conneries avec ma collection de godemichés », firent aussitôt place à une profonde incrédulité.

Non seulement Jenny avait tout retourné, mais elle avait également causé des dégâts irréversibles. Des coussins du canapé lacérés à la vaisselle et aux lampes réduites en miettes, la salope n'avait rien épargné. Elle avait déversé une bouteille d'eau de Javel sur ses vêtements, qu'elle avait au préalable pris soin de rassembler sur son matelas. Elle avait déchiré ses photos, griffonné sur les murs… Partout où elle posait son regard, Francine n'y voyait que désolation et violence gratuite. Contre elle. Sa seule erreur ? Avoir voulu l'homme qu'elle savait lui être destiné.

Tandis que Naomi fulminait et racontait dans le détail de quelle manière elle allait arracher un à un les ongles de cette salope, imitée par Mitchell, Francine sortit par la porte de derrière et s'écroula sur sa minuscule terrasse en béton, des spasmes dans la poitrine, les larmes aux yeux. Quelqu'un s'accroupit auprès d'elle. Il s'agissait de Javier. Son regard noir lui faisait tellement penser à celui d'Alejandro qu'elle se mit à sangloter. Il lui manquait énormément.

—Ce ne sont que des objets, Francine, tenta-t-il de la rassurer.

—Je le sais, renifla-t-elle. Ce n'est pas ça. Enfin si, mais c'est… (Comment expliquer qu'on avait violé son intimité ? Qu'elle trouvait ça profondément injuste ?) Comment a-t-elle pu faire ça ?

— La jalousie pousse les gens à faire des choses étranges.

Elle gloussa.

— Tu m'étonnes. Tu sais ce qui craint le plus ? C'est qu'elle m'a punie alors que je n'ai toujours pas Mitchell.

— N'importe quoi, gronda quelqu'un derrière elle. Tu peux nous accorder une minute ? demanda Mitchell à Javier.

L'étreignant d'abord brièvement, ce dernier se leva et déclara d'un ton menaçant au frère de son âme sœur :

— Tu n'as pas intérêt à déconner.

— Pourquoi est-ce que tout le monde me dit ça ? grommela Mitchell en prenant la place de Javier auprès de la jeune femme.

Puis il s'approcha encore et la hissa sur ses genoux. Elle se raidit tout d'abord, avant de se détendre quand il la prit dans ses bras, la serrant contre lui. Elle poussa alors un soupir, aussitôt imitée par sa louve, et se laissa complètement aller.

— Je suis vraiment désolé.

Il avait prononcé chacune de ces paroles avec tant de peine qu'elle ne put s'empêcher de pouffer.

— Ce n'est pas ta faute. Finalement, si Jenny est prête à me tuer juste pour retourner avec toi, peut-être que tu es aussi doué au lit qu'on le dit.

— Ce n'est pas drôle, rouquine. Elle aurait pu te tuer, tout ça parce que je suis un putain de crétin qui refuse de voir ce qui se trouve pourtant sous son nez.

— Et qu'est-ce que tu n'as pas vu ? demanda-t-elle doucement.

— J'ai envie d'être avec toi. Merde, je crois que j'ai des sentiments pour toi.

— Tu dis ça uniquement parce que tu es désolé pour moi et parce que tu te sens coupable de ce qui s'est passé.

Il soupira.

— Non. Si je le dis, c'est parce que c'est vrai. Pendant des années, je suis resté à l'écart parce que tu me faisais peur. Le fait de t'éviter était devenu naturel.

— Génial. Je me sens beaucoup mieux, d'un coup, déclara-t-elle d'un ton sarcastique.

— Fais ta maligne. Tu sais pourquoi je te fuyais ?

— Parce que j'avais des poux ?

— Non.

— À cause de mes taches de rousseur ?

— Non. En fait, elles me plaisent beaucoup.

— C'est parce que j'ai un trop gros cul, alors.

— Mais non, idiote. Tu as des fesses incroyables. Non, si je t'évitais, c'était parce qu'au fond de moi, quand tu m'as dit qu'on était destinés l'un à l'autre, je savais que c'était le cas. Et ça m'a sacrément foutu les jetons. Franchement, je te considérais comme ma petite sœur alors, quand j'ai commencé à ressentir des choses pour toi, j'ai flippé.

— Mitchell ?

— Oui.

— Tu es un imbécile, déclara-t-elle d'un ton solennel.

Ce qui ne lui fut pas facile à dire, le cœur battant à mille à l'heure et le corps secoué de frissons. Sa chienne de louve, dépourvue de toute retenue, se mit à japper, exigeant d'elle qu'elle le croque avant qu'il change d'avis.

Il poussa un grondement.

—Je le sais, rouquine.

—Alors, maintenant que nous avons établi le fait que c'était moi la plus intelligente, qu'est-ce qu'on fait ?

—Je voudrais que tu m'appartiennes, si tu veux encore de moi, malgré ma bêtise et tout le reste.

—Et Alejandro ?

—Ouais, eh bien, je ne vais pas te dire que je suis ravi de devoir te partager avec un félin, mais tant qu'il ne m'approche pas de trop près, je tenterai de faire avec. Pour toi.

Bon, cela n'avait pas été si chaleureux et enthousiaste qu'elle l'aurait souhaité, mais c'était déjà plus que tout ce qu'elle aurait pu espérer. Elle avait enfin mis la main dessus.

—Embrasse-moi, lui ordonna-t-elle.

À sa demande, il la fit aussitôt pivoter sur ses cuisses, et elle tendit la bouche, accueillant avec plaisir le doux contact de ses lèvres, immédiatement envahie par une vague de chaleur. Puis elle se sentit gagnée par un vertigineux sentiment de joie et de soulagement. *Mitchell va me marquer!* Son vieux rêve allait enfin se réaliser.

Elle le prit par le cou, glissant ses doigts dans ses cheveux en ouvrant la bouche face à l'insistance de sa langue. Il était à prévoir que quelqu'un interromprait ce baiser pourtant annonciateur des plaisirs à venir.

— Tu me dois 20 dollars ! s'exclama Naomi, juste derrière eux. Je te l'avais dit, qu'il reviendrait à la raison avant le retour d'Alejandro.

— Ha. Il ne l'a pas encore marquée, alors pas d'argent, rétorqua Ethan.

Mitchell et Francine rompirent leur baiser et se tournèrent vers Naomi et ses hommes.

— Quoi ? demanda sa meilleure amie, tentant vainement de prendre un air innocent.

— Vous avez parié sur le fait que je marquerais Francine ? demanda Mitchell.

— Eh bien… ouais. Si ça peut te soulager, j'étais persuadée que tu reviendrais vite à la raison. Javier, lui, pensait que tu pourrais tenir un peu plus longtemps.

— Tu es certaine de vouloir faire partie de cette famille ? chuchota Mitchell à la jeune femme rousse, suffisamment fort pour que tout le monde puisse l'entendre.

— Oui.

Plus que tout au monde.

Leur moment d'intimité interrompu, Francine laissa Naomi prendre la direction des opérations, aussi bien pour le nettoyage de sa maison que pour le remplacement du mobilier. Par chance, sa compagnie d'assurance, une petite société elle aussi dirigée par des métamorphes, rembourserait la majeure partie des frais, et Mitchell avait insisté pour régler le complément. Apparemment, en logeant chez ses parents, il était parvenu à faire des économies, ce qui se révélerait bien commode, parce que, en observant les petites pièces de son domicile, Francine dut se rendre à l'évidence : le fait de continuer à vivre là avec deux hommes aussi bouillonnants allait vite se révéler un sacré défi, d'autant plus que Mitchell n'acceptait la présence d'Alejandro qu'à contrecœur.

Mais elle tâcherait de régler ce problème quand il se présenterait vraiment. D'abord, il allait falloir qu'elle puisse voir Mitchell seul à seul pour qu'il la marque avant de prendre peur et de se raviser. *Bon, d'accord, c'est un mensonge. Je ne crois pas un seul instant qu'il va encore changer d'avis.* Quant à elle, elle avait l'impression d'avoir le sexe en feu, et cela tombait plutôt bien, car elle connaissait précisément l'homme qui allait pouvoir circonscrire cet incendie.

Chapitre 11

La lune venait tout juste d'apparaître au-dessus des arbres quand Francine finit par convaincre Mitchell d'aller courir dans les bois. Il avait tenté de l'en dissuader, prétextant pendant au moins deux heures qu'il préférait qu'elle aille se coucher pour se reposer. Elle n'avait tenu aucun compte de ses recommandations. En fait, elle lui avait ri au nez et, préférant largement la voir glousser plutôt que morose, il n'avait pu refuser. Pas plus qu'il n'avait pu la jeter sur son épaule comme l'aurait fait un homme des cavernes pour l'obliger à aller se mettre au lit. D'ailleurs, cette idée lui avait semblé particulièrement pertinente, d'autant plus que les cordes avec lesquelles ils n'avaient pas hésité à le ligoter étaient encore fixées à la tête et au pied du lit. Cependant, les murs n'étaient pas très épais, chez ses parents, et il doutait d'être en mesure de ne pas la toucher s'il la trouvait les bras et les jambes en croix, ligotée à son lit. Et, même s'il ignorait si elle était du genre à faire beaucoup de bruit, il se savait lui-même plutôt du genre bruyant. De plus, connaissant sa mère, elle serait si heureuse qu'il ait enfin cédé au destin qu'elle serait capable de rester derrière la porte de sa chambre pour lui donner des conseils afin d'éviter qu'il déçoive sa nouvelle bru.

Ce serait donc les bois. Elle ne lui avait pas laissé le choix et avait insisté pour que son animal puisse se défouler.

— Tu t'en sens vraiment capable ? insista-t-il, ne pouvant se retenir de se demander si Francine n'allait pas abuser de ses forces.

Depuis qu'il avait découvert qu'elle s'était fait tirer dessus, il avait vécu dans l'angoisse. En comprenant qu'il avait été à deux doigts de la perdre, il s'était rendu compte de nombreuses choses, comme du fait qu'il ne la quitterait plus d'une semelle. En fait, ayant brusquement opéré un virage à 180 degrés, il ignorait s'il pourrait survivre un jour sans la voir lui sourire ou le taquiner. Et il était conscient qu'il n'allait pas tarder à exploser s'il n'était pas en mesure de s'envoyer bientôt en l'air.

Et comme elle s'était fait tirer dessus par sa faute… Merde, qu'est-ce qu'il culpabilisait. Il comprenait à présent le besoin qu'avait éprouvé Alejandro de se racheter. C'était ce même sentiment qui le poussait à vouloir se lancer à la poursuite de Jenny et à le lui faire payer très cher, qu'importe que ce soit une fille. Mais, en même temps, il ne pouvait décemment pas abandonner son âme sœur. Il allait lui falloir faire preuve de patience jusqu'au retour d'Alejandro. Toutefois, il lui restait une chose à faire avant qu'il revienne. Une chose en souffrance depuis bien trop longtemps.

Le temps qu'ils avaient passé ensemble lui avait fait comprendre un tas de trucs. En premier lieu, il l'aimait. Il aimait la fille pleine de vie qu'il connaissait depuis qu'elle était toute petite, et encore plus la femme bouillonnante qu'elle était devenue. Il ne la considérait plus comme une sœur car, franchement, en les voyant, Naomi et elle, en train d'organiser le nettoyage, il avait pris conscience de son évolution. Enfouie dans le tréfonds de son âme, il avait découvert la véritable raison pour laquelle il avait fui pendant toutes ces années – et ce n'était pas à cause de prétendues pensées fraternelles. C'était au contraire parce qu'il n'en avait jamais eu et qu'il avait redouté ce que cela pouvait signifier.

Il s'avère que je ne suis qu'un gros trouillard. À cause de son refus de voir la vérité en face, il l'avait obligée à aller voir ailleurs, à coucher avec d'autres hommes, qui avaient touché son corps pulpeux, corps qui aurait pu lui appartenir à lui seul s'il avait eu le courage d'admettre ses sentiments. Putain, cela le mettait hors de lui. Et expliquait énormément de choses, comme la raison pour laquelle il s'était mis dans un tel état au bal de fin d'études, quand il l'avait surprise avec ce gamin dans sa voiture, les vitres embuées. Il avait vu ses joues écarlates, sentit le parfum du sang de sa virginité, et avait perdu l'esprit. Il avait failli tuer son petit ami, cette nuit-là, incapable de comprendre sa colère, et l'attribuant au fait qu'elle faisait partie de la famille. Pourtant, jamais il ne s'en était pris de la sorte au premier copain de Naomi. Pas plus qu'il n'en avait voulu à ses autres mecs, contrairement à ceux de Francine. Déjà à l'époque, même s'il n'en comprenait pas la raison, il s'était montré jaloux comme un pou.

Il était impossible de revenir sur le passé, même avec du recul, mais il était tout à fait en mesure d'influencer l'avenir, de la marquer et de se forger de magnifiques souvenirs. Il regrettait simplement que ce refus de voir ce qui se trouvait sous son nez signifiait à présent qu'il allait lui falloir tout partager avec un fauve. S'il l'avait acceptée des années auparavant, il se demanda si Alejandro aurait eu la moindre chance avec elle. *À moins qu'elle ait déjà été destinée à deux hommes, cette fièvre ne s'étant emparée de moi qu'après qu'Alejandro a fait son apparition dans sa vie.* Cela expliquerait sans doute énormément de choses, comme le fait qu'il soit parvenu à lui résister pendant si longtemps.

Mais c'était terminé.

Baissant les yeux sur sa minuscule silhouette, tous les deux enfin seuls pour la première fois, à l'exception des regards indiscrets qui les épiaient à coup sûr depuis la maison, il avait la gorge sèche, et le sexe au garde-à-vous. À la demande de Francine, ils étaient sur le point de se transformer avant d'aller courir. Ce qu'elle ignorait, mais dont elle se doutait probablement, c'était que quelque part dans ces bois, sans doute dans cette jolie clairière à l'herbe douce, il lui ferait l'amour, et ne s'approprierait pas seulement son corps, mais aussi son cœur et son âme. S'il parvenait à la faire jouir suffisamment de fois, peut-être accepterait-elle de le pardonner de s'être comporté comme un con pendant toutes ces années.

Malgré ses agréables projets, il craignait qu'elle ne se soit pas encore totalement remise. D'où ses incessantes remarques :

— On devrait peut-être attendre que tu aies repris des forces.

— Cesse de me couver. Je ne suis pas une petite fleur fragile, contrairement à quelqu'un que je connais. (Elle avait crié un peu fort ces dernières paroles, et Mitchell aurait juré entendre pouffer sa sœur, l'un des nombreux témoins dissimulés.) Pour la dernière fois : ça va aller. D'ailleurs, c'est la pleine lune, et ma louve exige que je la fasse sortir. Ça m'aidera à récupérer des forces.

Après trois jours de repos, sa blessure n'était plus qu'une discrète cicatrice, mais Francine était une fille, et toute petite, par-dessus le marché. Autant de raisons de vouloir la couver.

— Je ne sais pas si c'est une très bonne idée…

En poussant un soupir, elle saisit le bas de son tee-shirt et le remonta sur sa peau d'albâtre. Par habitude, il détourna le regard, ce qui la fit éclater de rire.

— Il est trop tard pour renoncer, Mitchell. Soit tu m'accompagnes, soit je te saute dessus ici et maintenant. Tu crois que Naomi pourra nous donner des conseils ?

— Qu'est-ce que tu es autoritaire.

— Il paraît. Juste pour ton information, au lit aussi j'aime bien donner des directives.

Sans savoir pour quelle raison, l'idée que sa petite rouquine puisse lui donner des ordres comme « lèche-moi », « prends-moi », ou simplement « donne-moi ta queue que je la suce », l'excita au plus haut point et lui donna une érection dure comme la pierre.

— Tu ne pourras pas dire grand-chose quand tu auras ma queue dans la bouche, rétorqua-t-il, ses paroles grossières lui ayant échappé.

Ou non.

La voyant pousser un délicieux éclat de rire, en soutien-gorge à quelques mètres de lui, sa poitrine plus que généreuse débordant des bonnets, la douceur de son ventre rebondi s'échappant de son pantalon, il se rendit compte que jamais il ne s'était senti si heureux et excité.

Enfin, quand elle dégrafa son soutien-gorge et libéra ses seins magnifiques, ses tétons se dressant aussitôt, là, oui, il fut plus heureux et plus excité que jamais. En fait, il en avait peut-être même un peu bavé. Il parvint à garder sa langue dans sa bouche, pour le moment, et à se retenir de haleter. Une autre chose dont il n'était pas mécontent ? Elle tournait le dos à la maison. Ainsi, Chris et ses autres frères n'étaient pas en mesure d'apercevoir sa somptueuse perfection. Il n'aurait pas aimé être obligé de leur arracher les yeux. Sa mère aurait sans doute piqué une crise si cela avait été le cas.

— Tu comptes rester là sans rien faire ? Parce que laisse-moi te dire que j'ai hâte que tu te déshabilles. Je veux absolument voir si elle est aussi grosse qu'on le dit.

Merde, elle ne manquerait donc jamais une occasion de le harceler ? Elle parvenait à lui donner envie d'elle alors même qu'il faisait tout pour se retenir, par respect pour elle. Mais il semblait que ce n'était pas vraiment ce qu'elle attendait de lui. Et, à vrai dire, avec son sexe qui le faisait souffrir, ses seins qui lui faisaient de l'œil, et le parfum de son excitation qui commençait à lui titiller les narines, il se demanda s'il aurait la volonté d'attendre qu'ils aient atteint la clairière. Tant pis pour les regards indiscrets. Il la voulait sur-le-champ. *Rappelle-toi que vous n'êtes pas seuls.*

— Tu sais que toute ma famille regarde.

— Oh, je t'en prie. Comme s'ils ne t'avaient jamais vu à poil.

À poil, si. Nu avec une perche de trois mètres entre les cuisses, non.

— Puisque tu sembles si pressée de te déshabiller, pourquoi ne commencerais-tu pas ?

Trop tard, se rendit-il compte. Naturellement, elle n'hésita pas une seconde.

Sans la moindre pudeur, elle déboutonna son pantalon et le baissa sur ses hanches arrondies, révélant une minuscule culotte qui lui couvrait tout juste le sexe. Il commença à avoir l'eau à la bouche en s'imaginant y enfouir le visage.

— Tu veux voir derrière ? C'est un string, le nargua-t-elle.

Un string ? Cela signifiait donc que… et merde. Quand bien même elle tournait le dos à la maison, ses frères ne manqueraient pas de se rincer l'œil. *Elle est moi. À nous*, approuva son loup. Aussi jaloux que son animal, Mitchell la souleva et la porta jusqu'à l'abri de la forêt, derrière chez ses parents.

— Qu'est-ce que tu fais ?

— Je ne veux pas que mes frères voient ce qui m'appartient.

Elle éclata de rire, un merveilleux carillon d'insouciance.

— Tu es au courant qu'ils ont déjà eu l'occasion de me voir cul nu, hein ? Tiens, rien que l'été dernier, quand on est allés à la campagne, avec Naomi et Chris, on s'est baignés à poil dans le lac.

Note pour plus tard : tuer mon petit frère. Cela pouvait attendre. Pour le moment, il fallait qu'il se déshabille.

La reposant d'abord à terre, il recula et faillit lui-même éclater de rire quand elle se mit à glousser parce qu'il ôtait sa chemise. Ce n'était pas la première fois qu'elle le voyait torse nu. Merde, ils venaient de passer plusieurs jours dans le même lit, à peine vêtus. Mais, à présent, en proie à l'impatience et à l'excitation, elle le voyait avec une sorte d'émerveillement… et de désir. *Un désir aussi troublant que magnifique.*

Elle lui caressa le torse, traçant le contour de ses pectoraux.

— Joli, murmura-t-elle.

Elle continua à l'effleurer du bout des doigts, avant de déboutonner son pantalon et de le lui baisser avant qu'il ait pu élever la moindre protestation.

Son érection avait transformé son caleçon en chapiteau. Elle s'en empara à pleines mains et la serra entre ses doigts. Il se mit à frémir, s'ingéniant à garder son calme. Il s'efforça avec peine de conserver son habituelle maîtrise de lui, juste assez, en tout cas, pour se retenir de se jeter sur elle et de lui faire l'amour sur place.

— Je croyais que tu voulais courir, haleta-t-il alors qu'elle le caressait à travers le tissu.

— C'est le cas. (Elle le libéra et recula, penchant la tête en arrière pour le gratifier d'un sourire malicieux.) Je voulais simplement vérifier que tu avais bien l'intention de me courir après.

D'un léger mouvement du poignet et d'un roulement de hanches, elle se débarrassa de sa culotte. Avant qu'il ait eu le temps d'admirer la vue, elle laissa son animal prendre le dessus, son corps se contorsionnant et se remodelant jusqu'à ce qu'une petite louve rousse au pelage soyeux se tienne devant lui. Avec un glapissement, elle s'élança d'un bond, et Mitchell se déshabilla rapidement avant de se transformer en bête hirsute et de se lancer à sa poursuite.

Filant à travers bois avec assurance, il oublia l'angoisse de ces derniers jours et l'extraordinaire violence de ses émotions. Tout sauf son désir. Plus il se rapprochait de la louve agile, plus il avait l'impression que son sang se mettait à bouillir et son excitation à grandir. Quand il finirait par la rattraper, il n'aurait plus aucune hésitation, plus aucun doute. Il la ferait sienne. Il lui ferait l'amour en l'obligeant à le regarder dans les yeux et, lorsqu'elle serait sur le point d'avoir un orgasme, il la mordrait, la marquant à l'ancienne pour se l'approprier.

Cette idée le poussa à presser l'allure, la dirigeant vers le lieu qu'il avait déterminé. Quand elle surgit enfin dans la clairière, il était sur ses talons, et trébucha en tentant d'éviter de percuter sa frêle silhouette. Avec un jappement, son loup la réprimanda avant de se taire, son esprit filtrant les sons qu'ils percevaient. Il semblait que la clairière était déjà occupée. Et, même s'il se savait observé, le ménage à quatre qui batifolait dans l'herbe renonça à interrompre ses activités.

Francine et lui décidèrent donc de regagner l'abri des arbres, tous les deux captivés par la scène qui se déroulait sous leurs yeux. Pour un homme qui n'avait jamais envisagé de se retrouver dans une relation à plus de deux personnes, il lui sembla soudain que l'amour à plusieurs était monnaie courante, en fin de compte. Pire, il reconnut la femme, dans la clairière. Il s'agissait de la fille d'une amie de sa mère. L'un des amants était l'un de ses vieux amis de l'équipe de football américain du lycée. Même si leur identité ne modifiait rien en soi. N'importe qui aurait pu faire partie de cet enchevêtrement de membres ; il l'aurait regardé de la même manière, avec la même fascination.

Il vit une tête apparaître à côté de lui. En baissant les yeux, il constata que c'était cette petite louve de Francine, appuyée contre lui, le souffle court, le parfum musqué de son excitation lui titillant les narines. Elle semblait tout aussi envoûtée que lui. Il eut le sentiment d'être emporté par le désir.

Il ne put se retenir de reprendre forme humaine. Il enfonça les doigts dans son pelage soyeux, ce qui la fit frissonner avant de retrouver son apparence.

Même si elle faisait une tête de moins que lui, elle se leva et se pressa contre lui en chuchotant :

— C'est mal de vouloir les regarder ?

« Mal » ? Jamais de la vie. Il lui était impossible de l'avouer, mais il avait toujours aimé observer les gens dans leur intimité, une obsession qu'il avait découverte au lycée quand il était tombé sur une fille en train de faire une fellation à l'un de ses amis sous les gradins pendant la fête de l'école. Il avait été incapable de s'en détourner, de la même manière qu'il était resté regarder Francine lorsque Alejandro lui avait fait l'amour. Parfois, il était tout aussi excitant d'être spectateur que participant. Naturellement, une seule chose était encore meilleure. Le fait de pouvoir partager tout cela avec celle qu'il voulait, une femme excitée qui pressait ses fesses contre ses cuisses, la tête en arrière, appuyée sur son épaule, un léger frisson lui parcourant l'échine alors qu'elle contemplait la scène qui se déroulait sous leurs yeux.

Mitchell la prit par la taille, sa peau brûlante si douce contre la sienne.

— Caresse-moi, chuchota-t-elle. Occupe-toi de mes seins et amuse-toi avec pendant que je regarde.

Il avait l'impression d'être au paradis. Le fait d'obéir à ses ordres le mit dans tous ses états, son érection contre le sillon de ses fesses, tandis qu'il lui caressait le ventre avant de s'arrêter sur ses seins lourds. Il se mit à les pétrir, les serrant entre ses mains, ce qui semblait lui plaire, car elle commença à faire onduler ses fesses contre ses cuisses, se frottant contre sa queue.

— N'oublie pas mes tétons.

Comme si. Il passa ses pouces sur ses bourgeons déjà dressés et en effleura la pointe. Elle se mit à gémir, une plainte qu'il devina chargée de désir.

Dans la clairière, comme si la présence de spectateurs les avait aiguillonnés, ils redoublèrent d'efforts. La fille se mit à quatre pattes et, pendant qu'elle suçait l'un d'entre eux, un autre la prit en levrette. Le troisième se tenait à l'écart, se caressant en attendant son tour.

— Oh, merde, ça a l'air drôlement amusant, murmura sa vilaine rouquine.

Il était plutôt d'accord. La femme semblait vraiment apprécier, et cela ne paraissait pas du tout déranger les hommes de devoir se la partager. En fait, le seul fait de se voir les uns les autres semblait réellement les exciter.

Détournant son attention de ses seins, il prit l'initiative plutôt que d'attendre ses directives, impatient de savoir si elle était aussi excitée qu'il l'imaginait. Approchant la main de son sexe, il ne put que constater qu'elle était prête à le recevoir. Il eut rapidement les doigts trempés en les passant sur ses lèvres, avant de profiter de cette lubrification naturelle pour lui caresser le clitoris.

Elle laissa échapper un bruit, à mi-chemin entre le gémissement et le cri, et se mit à haleter.

— Encore.

Il enfonça un doigt dans son sexe, sentant les parois de celui-ci se resserrer. Il retint son souffle. Merde, ce qu'il s'y sentirait bien quand il s'y introduirait.

Elle eut apparemment la même idée, car elle tendit la main derrière elle, à la recherche de sa queue.

— Prends-moi, Mitchell, chuchota-t-elle. J'ai envie de te sentir en moi.

— On ne ferait pas mieux d'aller ailleurs ?

Il savait qu'une fois en elle il se laisserait aller. Il oublierait tout ce qui se passait autour de lui, y compris la partie à quatre qui se déroulait dans la clairière. Mais, d'un autre côté, avoir un public quand il la marquerait ? C'était l'ultime plaisir tabou.

— Je veux qu'ils nous entendent, lui chuchota Francine, comme si elle lisait dans ses pensées. Je veux qu'ils sachent qu'ils nous ont excités. Laisse-les nous voir en train de faire l'amour.

Sur ces paroles émoustillantes, elle se pencha en avant, lui révélant son intimité. Même dans l'obscurité, grâce à sa vision nocturne, il devina son sexe brillant d'excitation : une invitation à s'y enfoncer, une promesse de bonheur assuré.

Seul un imbécile aurait pu refuser.

Il avait été suffisamment stupide comme ça.

S'emparant de sa queue, il la frotta contre elle pour s'humecter le gland avant de la pénétrer. Il était au paradis. Elle se contracta, et il s'interrompit un moment pour profiter de la sensation. Quant à Francine, elle était apparemment à bout de patience.

— Cesse de me faire attendre, putain. J'ai assez poireauté comme ça.

Elle se pressa brusquement contre lui, l'obligeant à s'introduire entièrement en elle. Il ne put s'empêcher de pousser un cri. Putain, ce que c'était bon.

Il se cramponna à ses fesses, déterminé à imprimer son rythme, de peur de jouir trop vite. Mais sa bouillonnante rouquine n'était pas de cet avis. Elle entama des mouvements de va-et-vient, imprimant elle-même le tempo à force de gémissements réguliers, de plus en plus rapides.

Mitchell s'accrocha, faisant bruyamment claquer son bassin contre ses fesses, approchant progressivement du point de non-retour.

Il la sentit parcourue par un frisson, se contracter de plus en plus avant de pousser un long râle de jouissance. L'aidant à se redresser, leurs corps intimement liés, il se pencha pour enfouir le visage dans son cou sans cesser d'aller et venir en elle. Lorsqu'il atteignit l'orgasme à son tour, il poussa un rugissement :

— Tu m'appartiens !

Il planta les crocs dans son épaule, la marquant comme sienne.

Était-il possible de ressentir trop de plaisir ? En tout cas, elle se mit à voir des étoiles, son cœur battant comme s'il allait éclater, avec l'impression qu'elle allait exploser de bonheur. Encore plus merveilleux, à en juger d'après les tremblements dont son corps était parcouru, Mitchell semblait ressentir la même chose qu'elle.

Revenant à la raison, elle jeta un coup d'œil dans la clairière et constata que les quatre amants étaient encore affairés, ne s'étant même pas interrompus pour l'événement capital qui venait de se produire : Mitchell l'avait marquée.

Et, dès qu'elle l'aurait marqué à son tour, ils s'appartiendraient l'un à l'autre pour l'éternité. Il se retira puis la fit pivoter pour l'enlacer. Ils se retrouvèrent dans les bras l'un de l'autre, peau contre peau.

— Je t'aime, Mitchell, chuchota-t-elle, l'oreille sur son torse, apaisée par les battements erratiques de son cœur.

— Moi aussi, je t'aime, rouquine. Je regrette simplement qu'il m'ait fallu tant de temps pour m'en apercevoir.

— Alors, et maintenant ? demanda-t-elle en levant les yeux vers lui, adorant la façon dont il la regardait déjà avec son air doux.

— Maintenant, on les laisse terminer leurs petites affaires, et on va se chercher un lit avant que je me laisse encore aller et que je te fasse l'amour comme une bête.

— Mais ça m'a plu, reconnut-elle d'un ton malicieux. Énormément, même.

Il poussa un éclat de rire.

— À moi aussi. Mais je n'ai pas envie que tu fasses une rechute.

— Je vais parfaitement bien.

— Fais-moi plaisir.

— D'accord. Mais uniquement parce que tu m'as mordue. Pour ton information, je compte bien te marquer, moi aussi, de préférence en te chevauchant comme une cow-girl.

— Il va falloir attendre que tout soit réparé chez toi, parce que je n'ai pas envie que mes frères nous entendent.

— Tu n'as qu'à essayer de ne pas faire de bruit.

Il poussa un grognement.

— Tu es incorrigible.

— Oui, et insatiable, chuchota-t-elle en tendant le cou pour l'embrasser.

Il ne s'autorisa qu'une brève étreinte avant de s'écarter, son sexe cherchant déjà à se redresser.

— Vilaine petite louve. Viens, avant que je finisse encore par oublier mes bonnes intentions.

— Rabat-joie.

Reprenant son apparence lupine, elle s'éloigna en trottinant, faisant le point sur l'état de ses blessures. Elle ne ressentait plus aucun élancement à hauteur de sa plaie. En fait, elle se sentait très bien. Et déjà prête pour un nouveau round.

Sur le chemin de la maison des parents de Mitchell, ils entendirent des hurlements les prévenant que certains de leurs semblables qui avaient choisi de parcourir les bois ce soir-là profitaient de la pleine lune. Le fait que Mitchell soit resté observer le ménage à quatre la perturbait quelque peu. C'était semblait-il un voyeur, que la vision de personnes engagées dans des plaisirs érotiques excitait, ce qui lui donnait l'espoir qu'à l'avenir, quand Alejandro l'aurait également marquée, ils puissent s'adonner à des délices tout aussi coupables.

Même s'ils s'occupaient d'elle chacun leur tour, le fait de l'avoir là, en train d'observer, de s'exciter... Merde, il allait falloir qu'ils rentrent vite, sinon, elle n'allait pas pouvoir se retenir de lui sauter dessus, là, dans les bois, tant pis s'il n'y avait pas de lit.

Le trajet jusqu'à leurs vêtements leur sembla interminable. Ils les retrouvèrent pliés proprement, sans doute grâce à sa mère, et se rhabillèrent en silence, même si leurs regards ardents en disaient long. Pendant qu'elle s'habillait, il ne cessa de lui jeter des coups d'œil, son érection impossible à dissimuler. Elle ne fit même pas mine de ne pas la voir. Elle le regardait fixement en s'humectant les lèvres. Ils se faufilèrent à l'intérieur de la bâtisse, comprenant au son de la télévision dans le salon que tout le monde n'était pas parti profiter de l'air nocturne. Montant discrètement à l'étage, elle fit de gros efforts pour se retenir de glousser. Elle avait l'impression d'être retombée en enfance.

Ils gagnèrent sa chambre, dont il verrouilla la porte avant de se tourner vers elle, le regard étincelant. Elle se laissa tomber sur le lit, le sourire aux lèvres.

— On a trouvé un lit, comment se fait-il que tu sois encore habillé ?

Marmonnant quelque chose à propos de se faire mener à la baguette, avec un sourire et une érection qui indiquaient qu'il n'était pas fâché le moins du monde, il se dévêtit.

Elle en fit autant, puis s'étendit sur le lit, une lueur d'excitation dans le regard. Elle aurait pu croire que leur rapport dans les bois l'aurait rassasiée mais, étrangement, elle avait encore plus envie de lui. Elle l'attira sur le lit, à côté d'elle, puis se hissa sur lui.

— Voilà, maintenant on fait comme je veux, chuchota-t-elle.

— Penche-toi un tout petit peu, et ce sera aussi comme je veux, rétorqua-t-il d'un air lubrique.

Voilà qu'il se remettait à lui parler crûment. Génial. Elle commença alors à lui caresser la queue avec ses fesses. Elle se souleva et alla se placer juste au-dessus de son gland avant de lui lancer un regard faussement effarouché.

— Tu veux dire ici ?

— Presque, répondit-il d'une voix tendue.

Elle le torturerait plus tard. Pour le moment, elle désirait la même chose que lui. Elle se laissa pénétrer. En fait, elle s'assit brusquement sur son sexe, ce qui le força à se cambrer, se mordant les lèvres pour réprimer un cri.

— Chut, le taquina-t-elle. Je n'ai pas envie que quelqu'un vienne voir si ça va, chuchota-t-elle.

Le regard de Mitchell se mit à briller, et il esquissa un sourire en s'enfonçant en elle tout en faisant pivoter suffisamment son sexe pour atteindre son point G. Ce fut à son tour de se mordre les lèvres, de peur de pousser un cri.

— Tu l'as fait exprès, siffla-t-elle.

Il se contenta de se fendre d'un large sourire. Oh, mince, tout comme elle, l'idée qu'ils puissent se faire surprendre l'excitait comme un fou.

À ce petit jeu, ils s'amusaient bien, tous les deux. Enfonçant ses ongles dans ses pectoraux, elle chevaucha avec ardeur son loup sauvage qui le lui rendit bien, tendant une main vers ses tétons durcis pendant qu'il glissait l'autre entre leurs corps pour jouer impitoyablement avec son clitoris. Le plaisir monta rapidement comme une vague qui menaçait de la submerger à tout moment.

Quand elle craignit de se mettre à crier sous l'intensité de la pression, elle se laissa tomber en avant, écrasant ses seins contre son torse et enfouissant son visage dans le creux de son cou. Elle n'interrompit pas pour autant ses mouvements de va-et-vient, de plus en plus proche de l'extase, jusqu'à ce qu'elle finisse par se laisser emporter, ouvrant la bouche pour crier dans son cou mais, plutôt que de lâcher un hurlement qui l'aurait sans doute rendu sourd pendant un bon moment, elle le mordit.

Mitchell n'en pouvait plus. Il se mit à donner des coups de reins, poussant des râles étouffés, n'osant pas faire plus de bruit, quand elle finit par le marquer. *Mon âme sœur, à tout jamais.*

S'écroulant sur lui en sueur, elle apprécia le doux contact de ses mains, avec lesquelles il décrivait des cercles dans son dos. Elle était si comblée et si heureuse qu'elle n'eut aucune réaction quand Chris s'écria :

— Vous avez bientôt fini de faire bouger le lit ? Putain, il y a du plâtre qui tombe dans le salon !

Elle ne réagit pas beaucoup plus quand Mitchell l'abandonna sur le matelas, sortant à poil dans le couloir.

C'est officiel. Je fais partie de la famille.

Chapitre 12

Francine devina sa présence avant même qu'il ait eu le temps de sonner. Alors à genoux en train de faire du nettoyage, elle se leva d'un bond et s'élança vers la porte. Elle ouvrit le portail et se jeta dans les bras d'Alejandro, se cramponnant à son cou, enroulant ses jambes autour de sa taille.

— Ça fait du bien de se sentir bienvenu, lui susurra-t-il à l'oreille d'un ton malicieux, la serrant très fort contre lui.

— Comment se fait-il que tu aies été si long ? voulut-elle savoir alors qu'il la portait à l'intérieur.

— Ma moto est tombée en rade. Il a fallu que j'attende que mes frères viennent me chercher avec ma voiture et le pick-up d'Ignacio. Ils ont récupéré mon engin pour voir s'ils allaient pouvoir le réparer, et je suis revenu le plus vite possible.

— Tu aurais pu appeler, le sermonna-t-elle.

— Je, euh… me suis un peu énervé quand ma bécane est tombée en panne, et je crois que j'ai balancé mon téléphone, avoua-t-il d'un air penaud.

Elle laissa échapper un ricanement.

— C'est arrivé tellement souvent à Naomi que j'ai perdu le compte.

— Où est le loup ? s'enquit-il en la faisant glisser contre son corps magnifique qui lui avait visiblement beaucoup manqué.

— Ici, répondit Mitchell en sortant de la cuisine, s'essuyant les mains sur un torchon à vaisselle.

Ils étaient allés chez elle juste après le petit déjeuner pour faire un peu de nettoyage avant l'arrivée du nouveau mobilier.

Alejandro se dirigea vers Mitchell… et lui tendit la main. L'air méfiant, ce dernier accepta de la lui serrer.

— Vous êtes marqués, toutes mes félicitations.

Francine se mit à rougir. Il savait. Était-ce si évident ? Et cela allait-il modifier ses intentions à son égard ? En dépit du fait que Mitchell aurait préféré la garder pour lui tout seul, elle ne voulait pas abandonner Alejandro. Cette simple idée fit gémir sa louve.

— Merci. Tu n'es pas en colère ? demanda Mitchell d'un air perplexe.

Alejandro se fendit d'un sourire.

— Ça n'a rien à voir avec moi, mais avec Francine. De plus, je suis sûr que tu as compris, à présent, qu'elle n'est pas de tout repos. Il sera utile d'avoir une deuxième paire de bras pour en venir à bout, sans parler d'un deuxième garde du corps pour la protéger, si le besoin s'en faisait sentir.

— Tu veux dire comme en ce moment ? (Les deux hommes se tournèrent vers elle en grimaçant.) Quoi ? Ce n'est pas ma faute si Mitchell sortait avec une psychopathe.

De toute façon, avec vous deux ici, je doute qu'elle tente quelque chose. Elle a perdu, j'ai gagné. Fin de l'histoire.

À en juger par le coup d'œil qu'ils s'échangèrent, ils ne semblaient pas forcément de cet avis. Quant à elle, elle refusait de passer sa vie à regarder par-dessus son épaule. Jenny avait pété un plomb et s'en était prise à elle. Elle avait certainement compris qu'elle était dans la merde et, comme personne ne parvenait à mettre la main dessus, il était probable qu'elle ait quitté la région. Et peut-être même le pays. Mais elle était prête à laisser ses âmes sœurs régler ce problème. Leur côté macho protecteur lui plaisait plutôt. À sa louve aussi. D'ailleurs, celle-ci aurait bien voulu les en remercier. À poil.

Quel dommage que Mitchell ait catégoriquement refusé de participer à un véritable plan à trois.

— Vous avez déjà déjeuné ? s'enquit Alejandro en revenant vers elle pour la serrer contre lui.

Mitchell secoua la tête.

— Non. Et il n'y a rien de comestible, ici. Pourquoi n'iriez-vous pas manger quelque part ? Il faut que j'aille au boulot. J'ai pris ma semaine pour m'occuper de Francine, et ils se demandent probablement si je vais revenir un jour.

La jeune femme en resta bouche bée, stupéfaite par sa proposition.

— Tu vas revenir ?

— J'irai chercher du chinois pour le dîner. Enfin, si le gros matou ici présent n'a pas peur de tomber sur l'un de ses congénères dans son assiette.

Il se fendit d'un large sourire qui fit éclater de rire Alejandro, ce dernier faisant visiblement peu de cas de l'insulte.

— Les chats ne rechignent jamais à bouffer de la chatte, rétorqua-t-il.

Francine pouffa, puis se mit à rire à gorge déployée en remarquant la tête de Mitchell.

— Oh, je sens qu'on va se marrer !

Secouant la tête, Mitchell s'approcha d'elle et l'arracha des bras d'Alejandro. Il l'étreignit à son tour et se pencha pour l'embrasser. Pour l'embrasser avidement, en fait, en y mettant la langue, en lui pelotant les fesses et en glissant la main entre ses cuisses. Quand il la laissa finalement reprendre son souffle, elle était pantelante, écarlate, et trempée comme une soupe.

— Puisqu'il t'aura tout l'après-midi, tu passeras la soirée avec moi, déclara-t-il avant de partir.

Elle poussa un soupir.

— Ne t'inquiète pas, ma belle. Il essaie simplement de me faire comprendre qu'il a l'intention de revenir.

— Excuse-moi, c'était quand même un peu agressif envers toi, non ?

— Ne t'excuse pas, ça m'a plu. Le fait de te voir prendre du plaisir est extrêmement excitant. Et quelque chose me dit que ton loup adore avoir du public.

Francine se pinça les lèvres pour éviter de révéler qu'il était manifestement tout aussi voyeur qu'exhibitionniste. Il allait falloir qu'elle avance à pas comptés avec lui si elle voulait que cela puisse fonctionner entre eux et les garder tous les deux. Mais, au moins, le fait de savoir que Mitchell aimait mater lui donna l'espoir qu'un jour il accepterait de surmonter sa jalousie envers Alejandro et qu'il se rendrait compte avec le temps à quel point ils pourraient s'amuser tous les trois.

Et peut-être qu'il lui pousserait des ailes.

Cela dit, il n'y avait encore pas si longtemps, elle se demandait si elle parviendrait un jour à conquérir l'homme qu'elle aimait depuis toujours. C'était la preuve que les miracles existaient.

— Cesse donc de réfléchir. Allons plutôt manger. Je veux que tu sois en pleine forme pour ce que j'ai prévu cet après-midi.

— Et qu'est-ce que tu as prévu de beau ?

— Des pâtes pour déjeuner, de la tarte en dessert, et un morceau de paradis pour terminer.

— C'est tout ? le taquina-t-elle.

— Oh, il va aussi falloir que je marque celle que j'ai l'intention de chérir le restant de mes jours, mais je suis sûr que tu t'en moques.

Elle lui donna une tape sur le bras.

— Tu n'as qu'à m'allumer, pendant que tu y es.

— Oh, c'est bien dans mon intention.

Et il tint parole. Pendant tout le déjeuner, pressés l'un contre l'autre sur leur banquette, il la tortura : en lui caressant la cuisse, en lui susurrant des mots doux, en lui mordillant le lobe de l'oreille, le tout bourré de sous-entendus. Elle lui rendit toutefois la pareille en glissant sa propre main sous la table pour lui caresser l'entrejambe à travers son jean, jusqu'à ce qu'il se mette à pousser des gémissements de satisfaction, ou en l'allumant à son tour avec des allusions érotiques, au point qu'à un moment donné ils furent tous les deux sur le point de se déshabiller, tant ils étaient rongés par le désir.

S'excusant de devoir quitter la table pour aller aux toilettes, elle comprit qu'il lui faudrait un moment pour retrouver son calme avant de partir, mais ce qu'elle voulait avant tout, c'était nettoyer cette tache de sauce sur son chemisier avant qu'Alejandro se donne en spectacle devant tout le restaurant en la léchant. Merde, elle aurait pourtant adoré ça.

En se voyant dans le miroir, elle eut du mal à le croire. Le regard brillant, les joues écarlates, les lèvres rougies et enflées, elle semblait gorgée de désir. Et d'amour. Elle s'étonna de pouvoir se l'admettre si aisément, et pas seulement pour un homme, mais bien deux. Mitchell, avec son air guindé mais sa passion bouillonnante, qu'elle aimait depuis toujours en raison de son amour acharné et protecteur pour sa famille et ses amis. Et Alejandro, avec son humour léger, son intense sensualité et sa façon de la mettre si facilement à l'aise.

Elle savait ce qui allait se produire quand ils rentreraient chez elle. Ils ne feraient pas de ménage, c'était certain, à moins que l'on puisse considérer un cunni comme un certain type de nettoyage. Mais, en plus du sexe, elle le marquerait, et il en ferait autant. Ils se lieraient l'un à l'autre, un triangle amoureux avec elle au sommet.

Elle espérait simplement que cela pourrait fonctionner et qu'ils seraient aussi heureux l'un que l'autre.

Retournant à table, auprès de son félin sensuel, elle ralentit le pas en apercevant deux jeunes femmes autour de lui. L'étincelle dans leurs yeux et leur déhanchement lui indiquèrent leur intérêt flagrant pour son homme. Pire, elles étaient sacrément belles. Grandes, minces, avec une chevelure blonde qui leur tombait sur les épaules, et des courbes qui lui donnèrent l'impression d'être grosse.

Je ne suis pas à la hauteur. Au fond, elle savait qu'il s'agissait de jalousie et de manque d'assurance mais, franchement, cela ne changeait rien au fait qu'elle n'aurait jamais une silhouette de mannequin. Pouvait-elle laisser Alejandro se lier à elle à tout jamais en sachant qu'elle serait certainement encore plus ronde une fois qu'elle aurait eu des enfants ? Voudrait-il encore d'elle ? Comment pouvait-elle...

Se retournant brusquement, sans même s'excuser auprès de ces femmes, il lui sourit, rien qu'à elle, et son regard s'illumina. Il lui tendit la main.

— Te voilà, ma belle. Tu es prête à rentrer ?

Était-ce le cas ? Il ne jeta même pas le moindre coup d'œil aux autres femmes, qui s'éloignèrent d'un air vexé. Son regard lui hurlait : « Fais-moi confiance. » Elle se souvint de ce que sa grand-mère lui avait dit, un jour. Cela lui avait semblé pour le moins étrange, à l'époque, mais prenait aujourd'hui tout son sens : « L'amour est un acte de foi. »

Et, oh, comme elle aimait l'homme qui se tenait devant elle. Elle tendit la main, et il la prit dans la sienne, l'attirant à lui.

Comme s'il avait lu ses doutes et ses inquiétudes, il lui murmura :

— Personne ne t'arrive à la cheville, ma belle. Laisse-moi te le prouver.

Elle acquiesça, se laissant guider vers la sortie du restaurant. Ils montèrent dans la voiture d'Alejandro, une banale Dodge Intrepid en si parfaite contradiction avec sa personnalité qu'elle se sentit obligée de lui demander :

— Qu'est-ce que tu fais avec une bagnole pareille ?

— La banquette arrière est très confortable.

Quand elle saisit l'allusion, elle lui donna une tape sur le bras, laissant sa jalousie s'exprimer :

— Tu as intérêt à la faire nettoyer au Kärcher !

— Pardon ? (Se tournant vers elle, il éclata de rire en remarquant son air buté.) Tu as cru que… Ne t'inquiète pas, je comprends que tu aies pu y penser, mais ce n'est pas ce que je voulais dire. Avant de te connaître, je n'ai jamais aimé passer toute une nuit avec une femme, et il m'est arrivé d'avoir un peu trop bu pour pouvoir conduire. Alors, cette banquette m'a servi de lit quand il a fallu que je me repose un peu avant de rentrer chez moi.

— Oh.

— Ouais, je t'ai laissée sans voix sans avoir eu besoin de t'enfoncer quoi que ce soit dans la bouche !

— Tu t'es déjà demandé comment tu allais me faire taire, hein ?

— Tout le temps où j'étais parti, reconnut-il sans la moindre honte.

— Tu vas bientôt pouvoir en profiter, lui fit-elle miroiter d'un air malicieux.

Elle sentait qu'elle commençait à perdre la maîtrise d'elle qu'elle était parvenue à conserver pendant tout le repas. Depuis son retour, en fait. Elle avait envie de lui. Elle le voulait rien que pour elle. Elle désirait le sentir contre elle, en elle, qu'il lui prouve son amour. *Le marquer*, ajouta sa louve qui ne tenait plus en place, impatiente que cet homme lui appartienne enfin.

Elle se pencha, baissa la braguette de son pantalon et plongea la main dans l'ouverture pour caresser sa demi-érection à travers son caleçon.

— C'est probablement une question idiote, mais qu'est-ce que tu fais, ma belle ?

— Je vais te sucer, déclara-t-elle calmement en se penchant un peu plus, enfouissant son visage entre ses cuisses.

Qu'importent les autres automobilistes. Qu'ils se rincent l'œil. Le fait qu'il soit au volant et qu'ils risquent un accident ne l'arrêta pas. Ils s'en remettraient. Le brasier qui couvait en elle avait exigé qu'elle fasse quelque chose. Dont acte.

— Mais la circulation… Tu ne… Aahhh.

Il acheva ses timides protestations par un soupir quand elle sortit sa queue de son jean et l'enfonça dans sa bouche. De haut en bas, elle le suça, serrant les lèvres, lui effleurant la peau avec les dents. Plus elle le suçait, plus sa queue durcissait, la grosse veine du dessous se mettant à battre de façon erratique contre sa langue. Oh, le fait de goûter sa saveur, de lui faire perdre toute maîtrise…

De plus en plus vite, elle accéléra le mouvement, remarquant tout juste que la voiture s'était immobilisée. Il l'obligea à relever la tête avec une certaine impatience et l'embrassa de façon torride. Elle devina en lui la même frénésie que celle qui s'était emparée d'elle. Il lui dévora la bouche, lui aspirant la langue, la savourant, l'enroulant autour de la sienne jusqu'à ce qu'elle ne soit plus capable de savoir où commençait l'une et où se terminait l'autre.

Mais il ne s'arrêta pas en si bon chemin. Il remonta sa main sur sa cuisse, la caressant à travers l'étoffe de son pantalon, lui arrachant des gémissements. Putain, elle était déjà trempée.

Le cœur battant à mille à l'heure, éprouvant une délicieuse douleur au niveau du sexe, elle dut se contenter de geindre de manière plutôt incohérente, se frottant contre la main avec laquelle il la caressait, implorant un contact encore plus intime.

Comprenant que cela ne lui suffisait pas, il déboutonna le pantalon de la jeune femme et y glissa la main. Il fit descendre ses doigts jusqu'à son clitoris qu'il se mit à masser. Elle poussa un râle et donna un coup de reins, son corps réagissant à sa caresse.

— Tu n'es pas censé conduire ? haleta-t-elle, se demandant d'un air amusé s'ils s'étaient arrêtés au milieu du trafic et s'ils avaient des spectateurs.

Comme c'était excitant.

— J'ai trouvé un parking souterrain.

— Un quoi ?

Elle s'autorisa un rapide coup d'œil autour d'elle, remarquant qu'ils se trouvaient dans un lieu éclairé au néon, avec des voitures stationnées tout autour d'eux.

— J'ai envie de toi, Francine, déclara-t-il d'une voix rauque, le regard brillant d'impatience.

— Alors, on n'a qu'à faire bon usage de cette fameuse banquette arrière.

Elle parvint à se faufiler entre les deux sièges avant mais, quand il voulut la rejoindre, il se rendit compte qu'il ne passait pas. Elle ne put s'empêcher de ricaner quand il se mit à jurer en se tortillant, incapable de se retourner dans un si petit espace.

Et, naturellement, elle ne fit rien pour l'aider. Prenant ses seins à deux mains, elle passa ses pouces sur ses tétons dressés, sous son chemisier.

— Dépêche-toi, Jag. Viens ici avant que je prenne soin de moi.

Elle descendit la main vers son pantalon ouvert, inséra les doigts dans sa culotte et posa la main sur son sexe. Elle poussa un gémissement de plaisir, pas seulement à cause de la chaleur, mais aussi en raison de la lueur dans son regard.

En un éclair, il parvint à s'extraire des dossiers des sièges avant, et descendit du véhicule. Ayant ouvert la portière arrière, il marqua une hésitation. Avec son pantalon déjà défait, et sa queue dépassant de sa braguette, il était le portrait craché du type qui avait perdu toute maîtrise de lui. Et c'était à cause d'elle. Quelle sensation grisante !

Il baissa son jean sur ses genoux avant de remonter dans sa voiture. Francine, déjà étendue sur toute la longueur de la banquette, tendit les bras vers lui. Il se jeta sur elle pour l'embrasser et terminer de lui ôter son pantalon.

De la buée commença à se former sur les vitres pendant qu'ils s'embrassaient et se caressaient avec enthousiasme, impatients d'atteindre cet instant d'extase.

— Maintenant, Jag. J'ai envie de toi.

Elle leva une jambe, la faisant basculer par-dessus le dossier du siège conducteur, écartant les cuisses pour lui. Il ne perdit pas une seconde et s'introduisit en elle, son violent coup de reins procurant à la jeune femme une impression si délicieuse qu'elle se rappela à quel point il lui avait manqué.

— Oh, merde, ma belle. J'ai tellement envie de toi…, gronda-t-il au rythme de ses va-et-vient. Toutes ces heures passées loin de toi, ça a été de la pure torture, haleta-t-il.

Elle lui enfonça les ongles dans le dos, se cambrant vers lui, son désir tout aussi grand.

— Je t'aime, Jag. Je t'aime tellement que ça me fait souffrir. Je te veux à tout jamais à mes côtés.

Sans lui, elle se laisserait mourir. Merde, elle mourrait même plus tôt que prévu si elle tardait à venir.

— Je t'appartiens déjà, lui chuchota-t-il, enfouissant son visage dans son cou. Et, maintenant, tout le monde va le savoir.

Sur ce, il la mordit, enfonçant ses incisives dans sa chair pour la marquer, la faire sienne. Sa femme. Son âme sœur.

Francine poussa un cri en sentant s'établir le lien, la légitimité de son acte s'imposant à elle, lui déclenchant un orgasme. Son corps se soulevant de la banquette, elle fut prise de convulsions, mais elle ne perdit pas de vue la chose importante qu'il fallait qu'elle fasse. *Fais en sorte qu'il nous appartienne*, lui souffla sa louve.

— À mon tour, murmura-t-elle.

Alejandro redressa la tête, non sans lui avoir léché sa nouvelle marque. Tout en poursuivant ses mouvements de va-et-vient, il sentit l'orgasme approcher, et elle devina la tension dans son cou sous ses lèvres tandis qu'il luttait pour tenir. Elle fit voler sa volonté en éclats en le mordant. *Tu m'appartiens, à présent.*

En poussant un hurlement, il jouit en elle, répétant son nom sans discontinuer.

— Francine, Francine… Putain, comme je t'aime.

Ce n'était pas vraiment de la poésie shakespearienne, mais c'était tout de même une magnifique déclaration dont elle se souviendrait jusqu'à la fin de ses jours.

Et, naturellement, chaque fois qu'elle monterait à l'arrière d'une voiture.

Chapitre 13

Alejandro ne pouvait plus s'empêcher de sourire. Il s'était lié à une femme pour le restant de ses jours, et, bordel, il ne s'était jamais senti si heureux. Il tint Francine par la main jusque chez elle. On disait beaucoup de choses sur le fait de se lier entre âmes sœurs et l'espèce de fièvre que cela engendrait. On lui accordait toutes les vertus. Comme on avait raison. Et tort, car c'était encore mieux que ça : putain, c'était à la fois merveilleux et incroyable, et pourtant si naturel.

Bien sûr, il aurait préféré un lieu légèrement plus romantique pour la faire sienne, la banquette arrière de sa voiture dans un parking souterrain n'étant pas forcément son premier choix, mais c'était néanmoins le résultat qui primait. *Je suis casé !*

Naturellement, il savait qu'il ne s'agissait que d'une des parties d'un tout. Sa mission la plus importante, à présent, allait consister à mener avec Mitchell une coexistence harmonieuse s'ils ne voulaient pas contrarier Francine. De son côté, il ne voyait aucun problème. Son ouverture d'esprit à propos du sexe signifiait qu'il pouvait accepter différents types de plaisirs. Même s'il n'avait jamais songé à partager avec qui que ce soit, à moins que deux femmes aient été impliquées dans l'histoire, il se trouvait à présent dans l'obligation de partager son âme sœur avec un autre homme. Il ne trouvait pas ça aussi gênant qu'il l'aurait cru. En voyant Mitchell embrasser Francine, un peu plus tôt, il n'avait pas éprouvé la moindre jalousie. De l'excitation, oui, mais aucune envie de cogner l'autre mâle. Ressentirait-il la même chose s'il le voyait lui faire l'amour ?

À en juger d'après son sexe de plus en dur, cette idée lui plaisait assez. Il avait également deviné à certaines allusions que cela ne dérangerait pas Francine non plus, mais comment convaincre Mitchell ?

Il réfléchit à ce dilemme pendant qu'ils se douchaient ensemble, puis pendant qu'ils faisaient doucement l'amour sur le nouveau grand lit de Francine. Il tourna aussi le problème dans tous les sens pendant qu'il l'aidait à terminer de nettoyer et de disposer le mobilier au fur et à mesure des livraisons. Il n'avait toujours pas trouvé de solution quand Mitchell arriva avec le dîner.

Sans même lancer un regard au fauve, le loup enlaça la jeune femme et l'embrassa, devinant certainement sur elle le parfum d'Alejandro, et étant sans doute déterminé à le masquer avec sa propre odeur. Tout en s'emparant des sacs qui contenaient le repas et en en extrayant les boîtes pour les déposer sur le comptoir, Alejandro réprima un sourire.

— Eh, bonjour à toi aussi, finit-il par entendre dire Francine quand Mitchell lui laissa reprendre son souffle.

— Je ne savais pas ce qui te plairait le plus, alors j'ai pris un peu de tout. Je présume que le fauve reste pour dîner ?

— Oui, et je compte aussi dormir ici cette nuit.

Alors qu'il prenait les couverts dans le tiroir, Mitchell se figea.

— Mais tu l'as eue tout l'après-midi. Je m'étais dit que ce serait à mon tour, ce soir.

— Houlà, attendez. Avant que vous transformiez ma maison toute propre en champ de bataille, Jag est obligé de rester, Mitchell. Il n'a nulle part où aller et, puisque c'est mon âme sœur, sa place est avec moi. (Avant que le loup ait pu élever la moindre protestation, elle leva la main.) De la même manière que, puisque tu es toi aussi mon âme sœur, j'aimerais t'avoir auprès de moi, si tu le souhaites. Quant à cette histoire de prendre des tours, que diriez-vous d'essayer de vous entendre à l'amiable ?

Alejandro esquissa un sourire.

— Ça me va, je ne suis pas difficile.

— C'est vrai que tu as la réputation d'être un mec facile, répliqua Mitchell d'un ton narquois.

— Tu veux me voir en action pour te rendre compte du bien-fondé de toutes ces rumeurs ? Ça pourra peut-être t'inspirer, ne put-il s'empêcher de rétorquer.

Mitchell sentit la moutarde lui monter au nez, mais il n'était pas vraiment furieux. Il semblait également curieux de voir cela.

— Pervers. Si j'ai donné mon accord pour ce ménage à trois, c'est uniquement pour faire plaisir à Francine. Si ça ne dépendait que de moi, tu aurais pu aller te faire mettre.

— Je préfère quand c'est moi qui fais l'homme.

— Ça t'arrive de prendre quelque chose au sérieux ?

— Oui, le bonheur de Francine, dont tu te fous éperdument, si tu veux mon avis. Tu te laisses complètement aveugler par la jalousie.

— Je ne suis pas du tout jaloux. Ce qui ne signifie pas pour autant que je vais te laisser m'empêcher de passer au moins la moitié du temps avec elle. Ce n'est pas parce que tu as déjà emménagé ici que tu dois croire que tu vas passer plus de temps avec elle.

Francine s'interposa en agitant les mains.

— Euh, salut. Je suis là, je ne suis pas qu'un objet. Mitchell, serais-tu en train de nous expliquer que tu vas rester chez tes parents ?

— Que veux-tu que je fasse d'autre ? Je n'ai pas l'intention de dormir dans le même lit que lui, même avec toi.

— Mais c'est un très grand lit, déclara Alejandro d'un ton malicieux. Il y a largement la place pour trois.

Mitchell le fusilla du regard.

— Attendez. Et si je débarrassais le bureau de toutes mes affaires et de mes albums photo pour en faire une deuxième chambre ? Comme ça, les nuits où je serai avec Jag, tu pourras rester là pour que je puisse te voir au réveil.

Mitchell garda le silence un long moment, et Alejandro eut envie de le frapper en voyant le visage de Francine se décomposer.

La mâchoire serrée, le frère de Naomi finit par acquiescer.

— Très bien. On verra si ça fonctionne. Mais, si ça ne te dérange pas, j'aimerais qu'on cherche une plus grande maison. Un endroit où on ne sera pas tout le temps les uns sur les autres.

Francine posa la main sur la sienne.

— On va y arriver, dit-elle doucement.

Un vœu qu'Alejandro dut se répéter en silence. Quoi que Mitchell dise ou fasse, il lui faudrait garder son sang-froid. Francine semblait déjà contrariée par cette situation – un stress inutile causé par Mitchell, qui se révélait incapable de surmonter sa jalousie.

Il a intérêt à vite s'en débarrasser s'il n'a pas envie que je l'aide un peu. Ou… que j'excite cet enfoiré en le ligotant et en faisant l'amour à Francine devant lui jusqu'à ce qu'il soit tellement submergé de désir qu'il en oublie son refus de partager.

Cette seconde option lui plaisait bien, en fait.

En dépit du caractère grognon de Mitchell, une certaine routine s'installa suivant un emploi du temps qui donna à Alejandro l'envie de se frapper la tête contre les murs. Les lundis, mercredis et vendredis, il pouvait dormir – hum, très peu – avec sa chère Francine. Le loup pouvait profiter des mardis, jeudis et samedis. Le week-end était dévolu aux tâches ménagères et aux activités communes, comme les lessives, le ménage, ou les promenades. Le dimanche, c'était le jour de repos de Francine et, en guise de bonus, ils avaient droit aux dîners exaspérants avec la famille de Mitchell. Le seul point amusant, c'était de pouvoir étudier le fonctionnement de cette famille.

Alejandro révisa d'ailleurs son jugement à propos de sa propre famille, qu'il considérait pourtant comme passablement chaotique. Une bataille de nourriture chez les parents de Mitchell lui prouva le contraire.

Comme ils travaillaient toute la journée et ne pouvaient se voir que le soir, ils passaient leur temps, avant d'aller se coucher, à discuter, avec nettement moins de pression qu'au début, surtout depuis que Mitchell s'était rendu compte qu'Alejandro était un mordu de sport. Naturellement, il avait fallu que le loup insiste pour que Francine s'assoie entre eux sur le canapé quand ils regardaient la télévision. Alejandro savait qu'il valait mieux éviter de chercher les ennuis durant ces moments de trêve mais, chaque fois que Mitchell se levait pour aller leur chercher une bière ou pour aller pisser, il avait tendance à embrasser avidement Francine avant que le loup revienne. Ce dernier ne disait rien quand cela se produisait, même s'il serrait les dents et se tenait raide un long moment sur le canapé. Jusqu'à ce qu'Alejandro quitte la pièce, en fait. Le fauve le retrouvait ensuite étendu sur la jeune femme, l'imprégnant de son odeur, décochant à Alejandro un sourire triomphant, ce qui ne manquait pas de faire secouer la tête à leur âme sœur.

— J'ai l'impression d'être un jouet, marmonnait-elle alors.

Mais, tant qu'ils n'en venaient pas aux mains, elle les laissait marquer leur territoire comme ils l'entendaient. Alejandro trouvait la situation plutôt amusante, surtout depuis qu'il savait que Mitchell aimait bien le regarder avec Francine et, même s'il avait passé quelques nuits chez ses parents lors de la première semaine, il restait à présent là les nuits où Alejandro faisait hurler de plaisir leur âme sœur. Et, apparemment, à en juger par les cris de Francine, Mitchell lui faisait exactement la même chose. Il s'était fait prendre à son propre jeu.

Mais il savait que les choses ne pourraient pas continuer en l'état. Cette partition du territoire tapait sur le système de la pauvre Francine, même si elle s'abstenait toujours de protester ; elle était en effet peu disposée à faire chavirer le frêle esquif sur lequel ils se trouvaient tous les trois.

La situation atteignit son point critique environ un mois après qu'ils l'eurent marquée, et pendant le dîner de famille dominical, qui plus est.

Ce fut finalement Chris, qui était à l'origine de la plupart des conflits familiaux, qui alluma la mèche.

— Alors frangin, c'est vrai, ce que j'ai entendu dire, que tu avais une chambre à part ? Tu as peur que ta queue ne puisse pas soutenir la comparaison avec celle de Jag ?

Déjà tendu parce que le dimanche était le jour où ils dormaient tous seuls à cause de lui, Mitchell se jeta sur son frère en passant par-dessus la table. Pendant qu'ils roulaient à terre et se rouaient de coups, leur mère faisant comme s'il ne se passait rien, préférant continuer à débarrasser la table afin de faire de la place pour le dessert, Alejandro se tourna vers Francine et remarqua qu'elle avait les larmes aux yeux.

— Qu'est-ce qui ne va pas, ma belle ? s'inquiéta-t-il aussitôt.

— Rien ! s'écria-t-elle avant de quitter brusquement la table.

S'apprêtant à la suivre, il se rendit compte que quelqu'un le retenait par le bras. En baissant les yeux, il comprit qu'il s'agissait de Naomi, qui lui enfonçait les ongles dans la peau.

— Assieds-toi.

— Mais Francine…

— Laisse-la tranquille une minute. Ethan, attrape mon frère, veux-tu ? Le crétin, pas le moche.

Haussant les épaules, son ours se baissa pour soulever Mitchell qui continuait à donner des coups de poing dans le vide. Avec un grognement, le loup se redressa et foudroya sa sœur du regard.

— Quoi ?

— Tu as fini de jouer au plus con ? Tu ne vois pas que tu la rends malheureuse ?

— De quoi tu p…

Il regarda autour de lui et, ne voyant pas son âme sœur, commença à s'inquiéter.

— Elle est partie pleurer. Une fois de plus.

— Comment ça, une fois de plus ? chuchota-t-il en se laissant lourdement tomber sur sa chaise. Je ne l'ai jamais vue pleurer.

— Bon, d'accord, ce n'est que la deuxième fois. Mais ça reste deux fois de trop, et c'est entièrement ta faute.

— Ma faute ? Pourquoi serait-ce ma faute ? Pourquoi tu ne t'en prends pas plutôt à ce crétin de chat de gouttière, là ? Lui aussi, c'est son âme sœur, tu es au courant ?

— Oui. Mais ce n'est pas lui qui se conduit tout le temps comme un imbécile jaloux. Tu ne vois pas tout le mal que tu lui fais à force d'insister pour ne pas la partager et de constamment l'obliger à choisir entre vous ? Tiens-tu si peu à elle pour laisser ton ego faire souffrir la seule personne qui ne le mérite pas ?

— Elle a raison, approuva la mère de Mitchell en se présentant avec deux gâteaux, l'un au chocolat, l'autre à la vanille. Tu n'as jamais été très partageur. J'espérais que ça aurait pu changer, vos deux animaux l'ayant choisie pour âme sœur, mais on dirait que, pour une fois, le destin s'est trompé.

— Francine est mon âme sœur.

Il l'avait presque crié.

— Et la mienne aussi.

— Et pourtant vous restez tous les deux là alors qu'elle est en train de pleurer.

— C'est toi qui m'as empêché d'aller la retrouver, rectifia Alejandro.

— Oui. Et si je l'ai fait, c'est parce que ce n'est pas à tour de rôle qu'elle a besoin de vous. C'est en même temps. Alors, comptez-vous rectifier le tir et mieux vous comporter avec elle, ou vais-je devoir… Oh…

— Naomi ?

Javier bondit de sa chaise et se pencha au-dessus d'elle.

— Je crois que… Oh ! merde, je n'avais pas terminé mon discours, mais on dirait que les bébés arrivent.

Alejandro se réjouit de voir une lueur de panique dans le regard de son frère, presque autant qu'il s'amusa du visage blême d'Ethan.

— Appelez un médecin ! Faites bouillir de l'eau ! s'écria Javier.

Ethan la souleva et grogna contre ceux qui se trouvaient sur son passage, faisant ricaner Naomi.

— Je vais accoucher, pas mourir. Maman, tu veux bien leur dire de ne pas paniquer ?

— Mais ce sont nos premiers enfants, se défendit Javier, aux côtés d'Ethan.

— Peut-être, mais on forme une équipe. Rappelez-vous : quoi qu'il advienne, on fera ça ensemble. Je vous aime. Et, maintenant, tenez-vous prêts, parce qu'on est sur le point de faire grandir cet amour.

Ethan et Javier contemplèrent leur âme sœur avec tant d'amour qu'Alejandro se sentit obligé de détourner le regard, ayant l'impression d'empiéter sur leur intimité. *Tout ce dont Francine rêve.*

Jetant un coup d'œil à Mitchell, il le surprit lui aussi en train de détourner les yeux. Quand leurs regards se croisèrent, Alejandro devina de la compréhension dans celui du loup, puis de la détermination.

— Si vous voulez bien nous excuser, Alejandro et moi allons prévenir Francine.

Lorsqu'ils quittèrent la pièce, suivant la piste que Francine avait laissée à l'extérieur, jusque dans les bois, Mitchell ne fit qu'une seule déclaration en se dévêtant et en laissant tomber ses affaires sur celles de Francine.

— Allons faire plaisir à notre âme sœur.

L'ironie du sort voulait que ce dont elle avait besoin, c'était de faire l'amour avec ses deux hommes. En même temps. Tous les couples devraient avoir ce genre de solution à leurs problèmes conjugaux.

Chapitre 14

Francine ignorait pourquoi elle s'était enfuie en sanglots. Ce n'était pas la première fois que Mitchell s'énervait parce que quelqu'un faisait allusion à leur étrange accord. Ce qu'elle admettait de moins en moins. Plus ça allait – obligée de voir ses hommes séparément alors qu'elle appartenait aux deux –, plus elle avait l'impression de n'être qu'une balle qu'ils se lançaient entre eux. Épuisée, elle avait voulu s'échapper, ne serait-ce qu'un moment, pour fuir ses problèmes et les oublier. Ce qu'elle avait fait, se déshabillant dans le jardin et laissant sa chienne de louve prendre le dessus.

Se dégourdissant les jambes à travers bois, purifiée par l'atmosphère automnale vivifiante, elle courait pour oublier ses malheurs. Mais elle semblait incapable de s'en débarrasser.

Comment le fait d'avoir ce que j'ai toujours voulu peut-il me rendre si malheureuse ? Ce n'était pas tout à fait exact. Elle était heureuse, la majeure partie du temps. La souffrance venait du fait qu'elle était constamment obligée de faire attention à ce qu'elle faisait, quand Mitchell était dans les parages. De devoir dire au revoir à l'un de ses hommes tous les soirs, alors que tout ce dont elle rêvait, c'était de pouvoir dormir entre les deux. Cela n'avait aucun rapport avec le sexe, même si elle imaginait parfaitement la scène : en train d'onduler, nue, entre le corps de ses deux hommes. Cela venait du fait qu'elle avait l'impression de mener deux relations différentes, alors qu'elle n'en souhaitait qu'une : un amour à plusieurs, comme Naomi. Sa meilleure amie ne se souciait guère de savoir si elle donnait plus d'affection à l'une ou à l'autre de ses âmes sœurs, ni de se demander à qui c'était le tour de lui faire l'amour, ou qui dormirait où. Ils vivaient, faisaient l'amour et s'aimaient comme une entité à part entière. *La putain de petite veinarde !*

Le pire ? Elle savait qu'Alejandro lui céderait en un claquement de doigts. Elle l'avait même déjà vu tenter de titiller Mitchell pour le convaincre de faire partie d'un véritable ménage à trois. À plusieurs reprises, il y était presque parvenu, comme lorsqu'ils partaient ensemble en randonnée, ou qu'ils allaient voir un match de hockey et huaient les joueurs en chœur. Mais, dès que 21 heures sonnaient, Mitchell l'entraînait dans la chambre sans qu'elle ait vraiment le temps de souhaiter une bonne nuit à son jaguar. Quand ce n'était pas à son tour, il allait s'enfermer en douce dans la seconde chambre, et cela lui brisait le cœur à chaque fois.

Mais je le savais quand je l'ai accepté.

Il fallait à présent qu'elle se secoue, qu'elle reprenne le dessus et qu'elle cesse de chialer comme cette salope de Jenny. Le seul fait de penser à cette petite pétasse anorexique lui redonna le moral. D'après la rumeur, celle-ci aurait fui vers l'ouest, préférant aller voir sa tante plutôt que de faire face aux conséquences de ses actes. Elle n'y serait jamais parvenue, en revanche, car un métamorphe, un bison des grandes plaines, en aurait fait son âme sœur. Plus drôle, son nouveau mec vivrait dans une ferme en plein milieu de nulle part, sans un centre commercial à des kilomètres à la ronde. La cerise sur le gâteau ? Ce type serait tout petit et taillé comme un tonneau. Cela lui plaisait énormément quand le sort se retournait contre ceux qui l'avaient bien mérité, et personne ne l'avait plus mérité que cette garce.

Je lui enverrai peut-être une carte à Noël pour la remercier de m'avoir tiré dessus, parce que, après tout, c'est grâce à ça que Mitchell a fini par comprendre qu'il m'aimait. À présent, si seulement une autre salope de psychopathe pouvait sortir du bois et le convaincre de mettre un terme à sa crise de jalousie… D'une certaine manière, elle doutait de pouvoir bénéficier de cette chance à deux reprises.

S'écroulant par terre dans la clairière où Mitchell et elle avaient espionné ce ménage à quatre la nuit où il l'avait marquée, elle reprit son apparence humaine. Elle s'étendit sur le dos et contempla le ciel et les étoiles qui commençaient tout juste à scintiller.

Perdue dans ses pensées, elle n'entendit pas approcher la créature, et sa louve ne se donna même pas la peine de la prévenir, ayant reconnu son parfum. Un fauve vint frotter sa grosse tête pleine de poils sur son ventre, Alejandro sous l'apparence de son jaguar. Elle se mit à le caresser derrière les oreilles, et ne put se retenir de ricaner quand il commença à ronronner, ressentant les vibrations dans tout son corps.

— Désolée de m'être enfuie, murmura-t-elle.

— Et moi de t'avoir fait fuir, déclara Mitchell en surgissant de l'obscurité, la douce lueur du quartier de lune faisant miroiter sa peau.

Quand Alejandro reprit forme humaine, Francine se crispa, pensant que Mitchell allait tourner les talons. Ou se prendre le bec avec le félin, à moins qu'ils finissent par en venir aux mains. Ce ne serait pas la première fois, même s'ils évitaient en général que cela se produise en sa présence.

À sa grande stupéfaction, Mitchell se laissa tomber à côté d'elle, et posa lui aussi la tête sur son ventre, les cheveux noirs des deux hommes se mêlant les uns aux autres. Craignant de rompre le charme, elle retint son souffle.

— Je suis conscient d'avoir rendu les choses difficiles, confessa Mitchell. (Tout à son honneur, Alejandro s'abstint de toute remarque incendiaire.) J'aurais bien aimé pouvoir te dire que c'est la jalousie ou l'antipathie qui m'ont poussé à me conduire de cette façon.

— Ce n'est pas la jalousie ?

Elle ne put se retenir de laisser transparaître une pointe de surprise dans le ton de sa voix.

— Oui et non. Oui, quelque part, je voulais que tu ne touches que moi et préférais éviter de devoir partager quoi que ce soit avec un autre, qu'il s'agisse de ton corps, de ton sourire ou de ton amour. Mais, au fond, j'ai envie de te voir avec Jag, de vous regarder pendant qu'il te fait l'amour, et même…

Il s'interrompit.

— Te joindre à nous ?

Il laissa échapper un profond soupir.

— Oui. Ça me semble tellement contre nature. Enfin. Ma mère n'a que mon père. Et tous mes potes, enfin ceux qui sont casés, ne sont qu'avec une seule fille. Le fait d'admettre que je veux être avec toi et un autre gars en même temps me paraît si… je ne sais pas, si malsain…

— Je préfère « cochon ». Ou « sexy ». Oh, et « excitant », murmura-t-elle, se décidant enfin à remuer la main, l'enfonçant dans leurs tignasses hirsutes, sur son ventre.

— Je refuse qu'il me touche, gronda Mitchell.

— Il n'aura pas le temps d'y penser, vu comme vous allez être occupés avec moi ! Après tout, c'est moi qui ai besoin de deux hommes.

— Alors, il me semble qu'il est temps que j'arrête de me conduire en mauviette et que je te donne ce que tu attends de moi. (Il tourna la tête, plongeant son regard noir dans le sien, il lui adressa un sourire de reddition et de résignation. Enfin.) Bon, comment on fait, alors ?

Alejandro fut le plus prompt à répondre.

— Il nous suffit de montrer à notre âme sœur toute l'extase qu'on peut lui procurer avec deux bouches et quatre mains en même temps.

— Voilà que le fauve se décide enfin à dire quelque chose de sensé, déclara Mitchell, la voix chargée de désir.

Puis les hommes de Francine joignirent l'acte aux paroles.

Ils se mirent à quatre pattes, approchant leurs bouches de ses tétons dressés. Simultanément, l'un et l'autre commencèrent à lui lécher les seins, de manière assez semblable, mais pourtant si différente ; la sensation qu'ils lui procuraient la poussait à se cambrer.

Ils la caressèrent, lui pétrissant les seins, lui titillant le sexe. Des contacts brefs et légers qui lui arrachèrent des gémissements de désir. Elle n'en pouvait plus.

— Arrêtez de m'allumer, grogna-t-elle.

— Qu'est-ce que tu veux ? ronronna le fauve, lui caressant le bas-ventre avec son visage.

— Lèche-moi, puis prends-moi pendant que je le suce.

Des paroles crues qui leur firent néanmoins un certain effet.

— Elle va nous achever.

— Quelque chose me dit qu'on ne sera pas trop de deux pour satisfaire toutes ses envies. Tu veux bien t'occuper de sa petite chatte pendant que je la fais taire ? proposa Mitchell.

Elle écarquilla les yeux quand, désormais de mèche, ils prirent la situation en main, la retournant sur le ventre avant de lui demander de se mettre à quatre pattes. Le loup l'attrapa par les cheveux et guida sa bouche vers sa queue. Comme si elle avait besoin d'aide…

Elle referma ses lèvres sur le sexe imposant de Mitchell, le suçant avec enthousiasme pendant que, derrière elle, Alejandro lui écartait les cuisses et glissait les doigts dans son intimité.

— Putain, rouquine, il faudrait que je le filme. Tu devrais voir ça, de quelle manière il te caresse.

Mitchell lui mima la scène, la voix chargée d'excitation.

— Hmm. Une caméra. Je vais ajouter ça à la liste des courses, confirma Alejandro avant d'approcher sa bouche de l'endroit qu'il venait de caresser.

Elle suça la queue qu'elle avait dans la bouche avec encore plus d'enthousiasme, arrachant des grognements à son propriétaire, qui se cambra.

Les dents serrées, il dit :

— Oh oui, rouquine, suce-moi pendant que je le regarde te faire un cunni. Je regrette presque de ne pas être derrière lui pour pouvoir voir ce qu'il fait avec sa langue.

Elle se mit à gémir, excitée à l'extrême, non pas par ce qu'ils lui faisaient, mais par les paroles si stimulantes de Mitchell. Il semblait qu'en s'autorisant à laisser libre cours à ses fantasmes, il avait perdu toute inhibition. Comme c'était agréable.

Quand elle se mit à le sucer de plus en plus vite, avec de plus en plus d'avidité, il ne put s'empêcher de pousser un râle, donnant des coups de reins au même rythme.

— Je crois qu'elle est prête, haleta Mitchell. Prends-la. Je veux voir ça.

— Avec plaisir, ronronna Alejandro avant de la pénétrer.

C'était si intense. Mitchell faillit jouir dans la bouche de Francine en voyant Alejandro s'enfoncer en elle.

Il comprit à quel point cela lui plaisait à la façon dont sa bouche se détendit autour de sa queue, à l'évidence distraite par les mouvements de va-et-vient du fauve.

Même s'il l'avait jadis tant redouté, il n'éprouva aucune jalousie. Au contraire, il était captivé par l'action à laquelle il prenait également part, aussi excité en la voyant se faire prendre que si c'était lui qui lui faisait l'amour. Désormais incapable de formuler des phrases cohérentes, il lui fut impossible de décrire à Francine à quel point tout cela lui semblait merveilleux. Et excitant. Sortant son sexe de sa bouche grande ouverte, il se déplaça sur le côté, incapable de s'empêcher d'observer la scène de plus près, se caressant en les admirant.

— Son petit corps est vraiment réactif, déclara Jag entre deux grognements. Regarde comme elle semble ne jamais en avoir assez. Caresse-la par en dessous. Occupe-toi de son clitoris, tu verras comme elle va se mettre à frémir.

S'exécutant, Mitchell glissa sa main libre sous le ventre de la jeune femme, la dirigeant vers son intimité. Il faillit retirer brusquement sa main quand, par inadvertance, il toucha la queue du fauve, mais il était si fasciné qu'il continua à décrire des mouvements circulaires sur le sexe de Francine. Quand celle-ci se mit à crier, il se masturba de plus en plus vite, la voyant serrer les fesses pendant qu'Alejandro continuait à lui faire l'amour.

— Oui, ma belle, oui !

Le félin rejeta la tête en arrière en s'enfonçant profondément en elle, plantant ses doigts dans ses fesses pendant qu'il atteignait l'extase.

Putain ce que c'était bon. *Et dire que ça fait un mois que je refuse de prendre autant de plaisir.* Comme il se trouvait bête, à présent, d'autant plus qu'il savait à quel point il adorait regarder et, il l'avait découvert, écouter. Combien de fois s'était-il fait plaisir en les écoutant faire l'amour, regrettant de ne pas avoir le courage d'aller se joindre à eux, se demandant s'il serait à la hauteur ? Se masturbant de plus en plus vite, il se dit qu'il connaissait à présent la réponse.

— À ton tour, lui signala le fauve, l'interrompant dans ses pensées et détournant son attention du corps tremblant de la rouquine.

— Mais…

Elle avait certainement besoin d'un peu de temps pour récupérer, mais il n'éleva aucune protestation quand Alejandro le poussa tandis que Francine le regardait avec un désir dévorant. Malgré son orgasme, il semblait qu'elle n'en avait pas eu assez. Elle s'installa au-dessus de lui en s'humectant les lèvres.

— Attends, intervint Jag. Tourne-toi et assieds-toi sur lui comme ça. J'ai une petite surprise pour toi. Mitchell, redresse-toi et serre-la contre toi.

Curieux, et le sexe toujours aussi dur, le loup s'assit, la queue dressée entre ses cuisses, tendue vers Francine, qui se tenait juste au-dessus de lui. Prenant soin de ne pas le toucher, Alejandro parvint à la guider. Mitchell la sentit s'accroupir sur lui, encore secouée des derniers frissons de son extase. Se souvenant des instructions du félin, il lui passa un bras autour de la taille, pendant qu'il s'appuyait sur l'autre, derrière lui. Il se cambra pour mieux la pénétrer, aidé par sa délicieuse rouquine. Mais, tandis qu'elle soupirait de plaisir, il comprit qu'elle allait mettre du temps avant de connaître un nouvel orgasme, en tout cas plus de temps que lui, qui était à deux doigts du précipice.

— Penche-toi un peu plus en arrière, chuchota Alejandro, son souffle lui chatouillant les couilles.

Surpris, Mitchell jeta un coup d'œil par-dessus l'épaule de son âme sœur, et poussa un gémissement en voyant le fauve darder sa langue en direction du clitoris de Francine. Elle fut parcourue par un frisson. Alejandro donna un nouveau coup de langue. Même réaction. Chaque fois qu'il la léchait, elle frémissait et se contractait. Mitchell trouva cela merveilleux.

Il cessa peu à peu de craindre que le fauve s'approche un peu trop près de ses bijoux de famille, se laissant progressivement gagner par le plaisir, tandis que l'autre homme se chargeait de conduire Francine au septième ciel à force d'habiles coups de langue, parvenant à la faire jouir une nouvelle fois, ce qui fit hurler le loup pendant qu'il venait enfin en elle.

Épuisés, le souffle court et en sueur malgré la fraîcheur automnale, ils s'effondrèrent, Jag et lui finissant côte à côte, elle étendue en travers de leurs corps.

— Putain, c'était incroyable, geignit-elle. J'ai cru que j'allais mourir et arriver au paradis. Non, attendez. Je n'espère pas, parce que j'ai vraiment envie de remettre ça !

— Espèce de petite peste insatiable, gloussa Alejandro.

— Je suis résistante, je n'y peux rien, se moqua-t-elle. Et toi, Mitchell, ça t'a plu ?

Elle tourna son regard noisette vers lui, et il manqua d'éclater de rire. N'avait-elle pas remarqué tout le plaisir qu'il avait pris ?

— Je ne sais pas. Je crois qu'il va falloir qu'on recommence, disons, quoi, un millier de fois, pour que je puisse me faire une idée. Bien sûr que ça m'a plu et, avant que tu puisses te vanter de me l'avoir bien dit, je sais que je suis débile d'avoir résisté si longtemps.

Elle se pencha pour l'embrasser brièvement.

— Pas débile, juste pas sûr de toi. Je t'aime tellement, Mitchell. Merci de m'avoir fait un tel cadeau.

— Non, merci à toi.

— Pourquoi on ne se remercierait pas tous les uns les autres en allant piquer une tête dans le cours d'eau pour voir si on peut recréer la magie ?

L'eau se révéla glaciale, mais cela ne les empêcha pas de glousser et de rire en s'éclaboussant mutuellement, et en pourchassant Francine jusqu'à ce qu'ils se rendent compte qu'ils étaient tous en train de claquer des dents.

En lui donnant une tape sur les fesses, Mitchell comprit quelque chose. Alejandro et lui étaient ses âmes sœurs, et pas seulement pour le sexe. Ils s'entendaient également très bien dès qu'il s'agissait de prendre soin d'elle, une femme merveilleuse qu'ils aimaient tous les deux par-dessus tout. Et, malgré lui, même s'il avait énormément de mal à l'admettre, il l'aimait bien, ce foutu chat de gouttière. Il aurait pu se retrouver coincé le restant de ses jours avec quelqu'un de bien pire. D'ailleurs, au moins, il savait suffisamment bien jouer à la crosse pour affronter Javier et Ethan. Sans parler du fait qu'il connaissait quelques techniques au lit qu'il avait hâte d'apprendre et, plus que tout, de pouvoir appliquer lui-même.

Naturellement, ce n'était pas parce qu'il était parvenu à se l'avouer qu'il avait l'intention de le répéter au fauve. Leurs joutes verbales lui plaisaient également beaucoup, mais, dès qu'il s'agirait de Francine, il avait décidé de cesser toute dispute. La seule chose qui comptait à ses yeux, c'était de la rendre heureuse et, quelle chance, elle avait une telle vision du bonheur qu'il allait pouvoir y prendre un plaisir incroyable.

Comblés et souriant comme des idiots, ils finirent par rentrer et entendre les cris d'une louve en furie.

— Espèces d'enfoirés ! J'ai l'impression d'avoir des ballons de basket dans le bide ! Je vais vous émasculer ! Ouh…

Les yeux écarquillés, Francine se tourna vers ses hommes, qui haussèrent les épaules d'un air penaud.

Mitchell était écarlate.

— Euh, dans le feu de l'action, je crois qu'on a oublié de te dire que Naomi était en train d'accoucher.

Et ce fut la dernière chose cohérente qui fut exprimée pendant un moment, tous les membres de la famille se relayant auprès de la future maman quand celle-ci se mit à paniquer et demanda à ses hommes de partir. Même si Ethan et Javier ne s'éloignèrent pas trop. Ils faisaient les cent pas dans le couloir, l'angoisse se lisant sur leurs traits tirés ; ils étaient cependant peu disposés à manquer la naissance de leurs enfants, si bouleversée leur petite fleur fragile soit-elle.

Pendant qu'elle se trouvait avec sa meilleure amie, celle-ci lui épongeant le front, Naomi cessa de se plaindre pour lui demander :

— Alors, raconte. C'était bien ?

Francine se fendit d'un sourire.

— Oh, comme si tu ne m'avais pas entendue hurler malgré tes cris !

— Morue.

— Salope.

Elles échangèrent un sourire avant que Naomi, victime d'une nouvelle contraction, se remette à maudire l'humanité tout entière. Le travail continua quelques heures, avec le même médecin que celui qui s'était occupé de Francine. Juste après minuit, Mark et Melanie virent le jour, pesant 2,4 kg pour l'un et 2,1 kg pour l'autre.

Les deux nouveau-nés, écarlates et tout fripés, avaient les poumons les plus puissants du monde. En d'autres termes, ils étaient adorables et, à en juger d'après les sourires béats sur les visages de Naomi et des heureux papas, c'était également l'avis de leurs parents.

Les hommes de Francine, en revanche, semblaient plutôt jaloux. Une fois l'affaire pliée, ils prirent tout juste le temps de dire au revoir avant de laisser la nouvelle famille tranquille, entraînant leur âme sœur jusqu'à la voiture.

Sur le trajet du retour, ils demeurèrent plutôt silencieux, Francine somnolant sur les genoux de Mitchell pendant qu'Alejandro conduisait. Une fois chez elle, ils la portèrent à l'étage et la dévêtirent avec habileté. Puis elle se crispa, attendant de voir s'ils allaient la laisser seule, comme tous les dimanches soirs, ou s'ils allaient se battre pour savoir lequel d'entre eux resterait avec elle. En sentant le lit s'enfoncer sur sa gauche et sur sa droite, elle esquissa un sourire. Ils se blottirent tous les deux contre elle.

— Merci, chuchota-t-elle.

— Les crises de jalousie et les pétages de plombs, c'est terminé, lui garantit Mitchell. À partir de maintenant, tu vas devoir nous supporter tous les deux. Je t'aime, rouquine.

— Presque autant que moi, ma belle.

Quelle veinarde je suis.

Épilogue

Francine et ses hommes emménagèrent dans une maison de cinq pièces sur un terrain niché dans un nouveau quartier très prisé par les métamorphes, à la périphérie de la ville, car exceptionnellement bien situé, à proximité d'une zone boisée protégée.

Sa vie conjugale lui convenait parfaitement, d'autant plus que ses hommes avaient fini par apprendre à partager. Même si les occasions de se chamailler ne manquaient pas, elles s'achevaient en général très rapidement dès qu'elle déclarait doucement :

— Si vous continuez, je me masturberai toute seule, ce soir.

Ils modifiaient alors instantanément leur attitude.

Naomi avait tellement raison à propos des ménages à trois. C'est nettement plus commode d'avoir deux hommes plutôt qu'un seul.

En ce moment même, par exemple. Ses deux amants étaient pantelants, le torse luisant de sueur, tentant de la satisfaire à tour de rôle.

— C'est ça, Mitchell, dit-elle d'une voix douce. Un peu plus fort. Tourne-toi un peu, oh, oui, ça y est presque, à fond, maintenant.

— Tu vas m'achever, rouquine, gémit-il. Ce n'est pas au tour du fauve ?

Alejandro éclata de rire.

— Pas encore. Allons, chien galeux, fais-lui plaisir. Mets-y un peu du tien.

Poussant un râle puissant, Mitchell souleva le tronc d'arbre et recula de quelques pas en titubant.

— Bravo ! s'écria Francine d'une voix stridente en l'applaudissant.

Il était temps. Cela faisait plus d'une heure qu'elle les encourageait chacun leur tour à déterrer ce vieil arbre mort.

— Ravi de pouvoir t'être utile, souffla Mitchell en se laissant tomber sur le gazon.

— Une bière ? proposa Alejandro en se levant.

— Pas tout de suite, Jag, le rappela-t-elle à l'ordre en faisant non du doigt. Il faut encore reboucher ce trou. Et quand vous aurez terminé, je connais un autre trou qui a besoin de se faire combler. Quand vous aurez pris une douche, naturellement.

Elle grimaça, puis se mit à couiner quand ses hommes, agissant soudain de concert, se jetèrent sur elle pour l'enlacer malgré leurs corps luisants de sueur, ce qui lui aurait plu si c'était elle qui les avait mis dans cet état et s'ils avaient été entièrement nus.

Contents d'eux, ils se traînèrent vers le monticule de terre, et, ensemble, chargèrent la brouette qu'ils poussèrent jusqu'au trou pour le reboucher.

Francine était extrêmement heureuse de les voir s'entendre aussi bien, même si, trop souvent à son goût, leur coopération était dirigée contre elle. Et elle adorait quand ils travaillaient en équipe, au lit.

La veinarde, elle avait à présent deux hommes sur lesquels elle pouvait compter, et, quand l'un d'eux commençait à devenir jaloux, cela se terminait par beaucoup d'amour. Et de sexe. Énormément de sexe. *Putain, ce que j'ai de la chance!*

Pendant ce temps, un peu plus haut dans la rue…

Chris, le frère de Naomi, gara son pick-up et en descendit. Il se dirigea d'un pas tranquille vers l'arrière de son véhicule professionnel et en rabattit le hayon dans un concert de grincements pour pouvoir s'emparer de sa boîte à outils. Ayant été appelé par un client, il se retint de soupirer en pensant au match de crosse qu'il manquerait certainement le soir même à cause de ce rendez-vous de dernière minute. *À quoi ça sert que mes beaux-frères m'offrent des places si je ne peux pas en profiter?*

Peut-être en aurait-il terminé plus vite que prévu. Après tout, le quartier était flambant neuf. Quelle quantité de travail pouvait bien l'attendre?

Frappant à la porte, il se hissa sur la pointe des pieds pour jeter un coup d'œil au quartier encore en travaux. Il se remémora la pendaison de crémaillère chez Francine, quelques semaines auparavant. Merde, le plaisir qu'il avait pris à casser les pieds de Mitchell quand, lorsqu'il leur avait fait faire le tour du propriétaire, il avait aperçu le lit géant. L'embarras sur le visage écarlate de son frère valait bien un nez cassé, après tout.

Quel dommage, en revanche, que Mitchell soit obligé de partager cette fille. Même si Chris n'avait rien contre Jag. Au contraire, il trouvait le frère de Javier plutôt amusant, surtout depuis que lui aussi excellait dans l'art de faire tourner en bourrique l'autre âme sœur de Francine. Même si cette histoire de plan à trois lui semblait assez excitante sur le papier, Chris n'était pas du genre à accepter de partager, surtout pas sa compagne, et encore moins pour la vie. C'était hors de question. Pas lui. D'ailleurs avec deux ménages à trois dans la famille, il était probable que les quotas soient atteints et, avec un peu de chance, le destin patienterait encore quelques années avant de lui présenter une louve. Il avait envie de pouvoir profiter de sa liberté encore un bon moment.

Le bruit de clé dans la serrure lui signala que quelqu'un s'était enfin décidé à lui ouvrir la porte. Il ne se tourna pas immédiatement, préférant éviter de se montrer trop pressé d'en avoir terminé.

Il fut d'abord interpellé par le parfum. Un arôme floral avec un soupçon de musc animal, une senteur originale qu'il ne connaissait pas mêlée à celle d'une femme. Une femme qui lui donna aussitôt une érection et des picotements dans tout le corps.

Une fois retourné, Chris dévisagea bouche bée le petit bout de femme qui se tenait dans l'embrasure de la porte. Son âme sœur. C'était du moins ce que semblait penser son loup. Faisant presque une tête de moins que lui, elle était manifestement d'origine asiatique avec de grands yeux noirs bridés, de hautes pommettes, une chevelure de jais rassemblée en chignon sur le sommet du crâne et des lèvres en bouton de rose qui s'arrondirent pour former un « oh » de surprise.

— Qui êtes-vous ? demanda-t-il en humant son parfum tout en se retenant de la prendre dans ses bras et de l'embrasser.

— Elle est prise, gronda un homme au même teint asiatique en approchant derrière elle et en posant la main sur son épaule d'un air possessif.

Oh, putain de merde. Voilà qui compliquait bien les choses.

Achevé d'imprimer en juin 2013
Par CPI Brodard & Taupin - La Flèche (France)
N° d'impression : 73296
Dépôt légal : juillet 2013
Imprimé en France
81121062-1